에밀리 디킨슨

EMILY DICKINSON

에밀리 디킨슨은 1830년에 에드워드 디킨슨과 에밀리 노크로스 디킨슨 사이에서 3남매 중 둘째로 태어났다. 아버지는 변호사로 매사추세츠주 하원과 상원 의원을 역임했고, 어머니는 1850년대 중반부터 1882년 사망할 때까지 병석에 누워 있어 30여 년간 디킨슨이 간호했다. 자녀 교육에 열심이었던 아버지는 아들뿐 아니라 두 딸까지 애머스트 아카데미에 보내. 이들은 이곳에서 7년간 교육을 받았다. 그녀는 애머스트 아카데미를 졸업하고 마운트 홀리요크 여성 신학교에 입학했으나 10개월 뒤 집으로 돌아왔다. 이후 결혼하지 않고 집안일을 하며 평생을 보냈다.

디킨슨은 은둔의 삶을 산 것으로 세간에 알려져 있지만 이런 소문과는 달리 당대의 명사들과 활발하게 교류했다. 1855년 필라델피아에서 유명한 장로교 목사 찰스 위즈워스를 만났고 1882년 그가 사망할 때까지 서신을 교환하며 우정을 지속했다. 1850년대 후반에는 『스프링필드 데일리 리퍼블리컨(*Springfield Daily Republican*)』의 소유주이자 편집장인 새뮤얼 볼스에게 30여 통의 편지와 50여 편의 시를 보냈으며 그중 일부가 1858년 『스프링필드 데일리 리퍼블리컨』에 실렸다. 또 노예 폐지론자이자 유명 비평가이던 토머스 웬트워스 히긴슨에게 편지를 보내 문학적인 주인를 구하면서 우정을 쌓았다.

그녀의 시는 시간에 갇힌 인간 의식의 한계에 대한 고통스러운 역설을 일깨우고 있는 것이 특징이다. 1886년 그녀가 죽은 후에 디킨슨의 여동생인 라비니아가 1,800여 편의 숨겨진 시를 발견하고 공개했다. 에밀리 디킨슨의 첫 시집은 1890년 히긴슨과 오빠의 연인이던 메이블 루이스 토드에 의해 출판되었지만 심하게 편집된 내용이었다. 1955년에 이르러서야 토머스 H. 존슨이 시 전집을 출판해 독자들은 그녀의 시 전체를 접할 수 있었다. 이후 그녀는 "다시 소환되다"라는 묘비명대로 시대를 넘어 계속 사랑받고 있다.

KB050528

에밀리 디킨슨 시 선집

에밀리 디킨슨 시 선집

THE SELECTED POEMS OF EMILY DICKINSON

에밀리 디킨슨 지음 · 조애리 옮김

옮긴이 조애리

서울대학교 영문학과를 졸업하고 같은 학교 대학원에서 석사 및 박사 학위를 받았다. 카이스트(KAIST) 인문사회과학부 교수로 재직했다. 옮긴 책으로는 헨리 데이비드 소로의 『달빛 속을 걷다』, 샬럿 브론테의 『제인 에어』, 『빌레뜨』, 헨리 제임스의 『밝은 모퉁이 집』, 마크 트웨인의 『왕자와 거지』, 레이 브래드버리의 『민들레 와인』, 제인 오스틴의 『설득』 등 다수가 있으며, 저서로는 『성·역사·소설』, 『역사 속의 영미 소설』, 『19세기 영미 소설과 젠더』, 『되기와 향유의 문학』이 있다.

에밀리 디킨슨 시 선집

발행일
2010년 11월 20일   초판 1쇄
2023년 12월 25일   초판 3쇄
2024년 3월 8일   리커버 특별판 1쇄

지은이·에밀리 디킨슨
옮긴이·조애리
펴낸이·정무영, 정상준
펴낸곳·(주)을유문화사

창립일·1945년 12월 1일
주소·서울시 마포구 서교동 469-48
전화·02-733-8153
FAX·02-732-9154
홈페이지·www.eulyoo.co.kr
ISBN 978-89-324-0531-5 04840 978-89-324-0330-4(세트)

차례

일러두기

• 에밀리 디킨슨의 시에는 제목이 없다. 숫자는 존슨(Thomas H. Johnson)이 『에밀리 디 킨슨 시 전집(*The Complete Poems of Emily Dickinson*)』에서 창작 연도 순서로 붙인 것 이다. 보통 존슨 넘버(Johnson Number)라고도 하며, 디킨슨 본인이 제목을 붙이지 않아 흔히 이 숫자를 사용하고 있다.

또 다른 하늘이 있어요,

영원히 고요하고 아름다운 하늘이,

어둡기는 하지만,

또 다른 햇빛이 있어요.

오스틴, 시들어 가는 숲을 걱정하지 말아요 –

조용한 들판을 걱정하지 말아요 –

여기 늘 초록 잎으로 덮인

작은 숲이 있어요.

여기 서리가 내리지 않는

더 화사한 정원이 있어요.

지지 않는 꽃 속에서

명랑하게 윙윙대는 벌 소리가 들려요.

제발, 오빠,

나의 정원으로 오세요!

아침은 전보다 더 부드러워지고 –
밤들은 갈색빛을 띤다 –
블루베리는 뺨이 더 통통해지고 –
장미는 다른 도시로 외출 중이다.

단풍은 더 화사한 스카프를 두르고 –
들판은 주홍색 가운을 걸친다 –
나만 유행에 뒤떨어질 수 없으니
목걸이라도 해야겠다.

용담은 보라색 천을 짜 가장자리를 장식하고 –
단풍은 붉은 천을 짠다 –
떠나는 꽃들은
퍼레이드도 생략한다.

잠시지만 끈질겼던 병을 떨쳐 내고 –
한 시간 외출 준비를 하고,
오늘 아침, 천사가 있는 곳으로
내려갔다 –
짧은 행렬이었고,
쌀먹이새가 거기 있었다 –
늙은 벌이 설교했다 –
그 뒤 우리는 무릎을 꿇고 기도했다 –
우리는 여름이 기꺼이 떠났다고 믿는다 –
우리도 그렇게 될 수 있기를 기원한다.
여름이여 – 여동생이여 – 천사여!
우리도 그대와 함께 가겠노라!

벌과 –
나비와 –
미풍의 이름으로 – 아멘!

평범한 어느 여름날 아침
꽃받침, 꽃잎, 가시 –
흠뻑 적신 이슬 – 벌 한두 마리 –
산들바람 – 살랑대는 나무 –
나는 한 송이 장미다!

우리는 이기기 때문에 – 진다 –
주사위를 어떻게 던졌는지
다시 기억해 내는 – 도박꾼들!

표류하고 있네! 작은 배가 표류하고 있네!
이제 밤이 다가오고 있는데!
이 작은 배를 근처 마을로
안내하는 사람은 없으려나?

선원들은 이렇게 말하네 – 어제 –
석양이 갈색으로 변할 때,
작은 배 한 척이 투쟁을 포기하고
아래로, 아래로 가라앉았다고.

천사들도 말하네 – 어제 –
일출로 새벽하늘이 붉게 물든 때
작은 배 한 척이 – 몰아치는 강풍 속에서 –
돛대를 손보고 – 갑판에 다시 돛을 올린 후 –
환희에 차 – 총알처럼 달려갔다고!

그대여, 더 이상 장미가 피지 않고,
제비꽃이 시들고 –
꿀벌이 높이 날아올라
태양 너머로 날아가 버리는 –
이런 여름날
수확을 멈춘 손은
적갈색 풍경 속에서 – 빈둥거릴 거예요 –
그러면 제 꽃을 가져가세요 – 제발!

36 눈송이*

춤추는 눈송이를
실내화를 신고 도시로 뛰어내리는 눈송이를 세다가,
그 반란자들을 표현하려고
연필을 집어 들었네.
눈송이는 점점 더 신이 나 춤을 추었고
내가 점잖은 척하길 포기하자,
한때 품위를 지키던 내 열 발가락이
지그*를 추려고 늘어섰네!

심장아! 우리 그를 잊자!
너와 나 – 오늘 밤 잊자!
넌 그의 사랑을 잊으렴 –
나는 그의 빛을 잊을게!

그를 완전히 잊거든, 심장아 제발
나도 곧 잊게 말해 주렴!
서둘러 주렴! 네가 꾸물대는 사이에
또 내가 그를 기억하지 않도록!

당신이 살아 있는데
내가 죽는다면 –
시간은 계속 흐르고 –
아침 햇살이 빛난다면 –
여느 때처럼 –
정오는 타오르고 –
새는 일찌감치 둥지를 짓고
꿀벌이 바삐 날아간다면 –
지상 사업을 포기하기로 하고
떠날 수 있겠죠!
데이지 아래 우리가 묻혀 있어도
주식은 거래될 것이고 –
장사는 계속될 것이고 –
무역은 활발하게 진행될 것이니 –
이 세상과 조용히 이별하고
차분한 영혼으로 남을 수 있어요 –
신사분들이 그렇게 활기차게
즐겁게 일하시니!

성공하지 못한 사람들은
성공이 가장 달콤하다고 한다
신선주 맛을 제대로 알려면
극도의 갈증을 느껴야 한다

오늘 승리의 깃발을 거머쥔
자주색 전투복의 군인 중에는
승리를 명확하게 정의해 줄
사람은 아무도 없다.

패배해서 – 죽어 가는 –
사람의 귀에
멀리서 승리의 노래가
고통스럽게 똑똑히 들린다

육지에 살던 사람은 환희에 차,
바다를 향해 나아가,
집들을 지나 – 갑(岬)을 지나 –
깊은 영원 속으로 나아간다 –

우리가 산골 마을서 자라나,
처음 육지를 벗어난 순간
느끼는 신성한 도취를
선원들은 이해할 수 있을까?

우리의 삶은 스위스다 –
너무나 고요하고 – 너무나 멋지다 –
그러던 어느 날 오후
알프스가 커튼 치는 걸 잊은 날에는
더 멀리까지 보인다!

맞은편에 이탈리아가 서 있다!
엄숙한 알프스와 –
조용한 알프스 사이에 –
경비병처럼 영원히
끼여 있다!

날아가는 것들이 있다 –
새들 – 시간들 – 꿀벌들 –
그래도 애도의 노래를 바치지 말자.

머무는 것들이 있다 –
슬픔 – 언덕 – 영원 –
네게 꼭 필요한 건 아니다.

이렇게 머무는 것들이여, 날아가라.
내가 하늘을 설명할 수 있을까?
아직도 여전히 수수께끼!

부드럽게 태양을 뒤쫓던 데이지는 –
태양이 금빛 산책을 마치자 –
수줍게 태양의 발치에 앉는다 –
깨어나서 – 거기 꽃을 발견한 – 태양이 –
도대체 왜 – 여기 있어요 – 침입자여?
임이시여, 사랑이 달콤하기 때문이에요!

우리는 꽃 – 그대는 태양!
날이 저물 때 그대에게 슬쩍 –
다가가는 걸 용서해 주세요!
이별을 고하는 서쪽 하늘에 –
자수정 빛 하늘 – 평화 – 밤의 가능성에 –
반해 버렸는 걸요!

벌은 날 겁내지 않고
나비도 날 잘 안다.
어여쁜 숲속 사람들이
다정하게 나를 맞이한다 –

내가 다가가면 시냇물은 더 크게 웃고 –
산들바람은 더 신나게 장난치는데,
오 여름날이여, 어디서
그대의 은빛 안개를 볼 수 있을까?

여름날 무언가가
천천히 불타며 사라지면
경건해진다.

여름날 정오 무언가가 –
하늘색 – 그윽한 – 향기가 –
황홀경을 초월한다.

여름밤에도 여전히
황홀하게 밝은 무언가를 보고
손뼉을 친다 –

캐묻는 내 얼굴을 베일로 가리사
미묘하게 – 반짝이는 은총은
내게서 너무 먼 곳으로 날아가 버린다 –

마법사의 손은 쉼 없이 움직이고 –
포근하게 안긴 보라색 시냇물은
얕은 강바닥에 가만히 몸을 비빈다 –

아직도 동쪽 하늘은 호박색 깃발을 쳐들고 –
아직도 바위산을 따라 태양,
그의 빨간 마차를 안내한다 –

그렇게 – 밤을 – 지켜보고 있으면 – 아침이 와서
이 경이로운 기쁨도 끝난다 –
그리고 나는, 이슬 사이로 오는
또 다른 여름날을 맞이한다!

황홀한 순간마다
오차 없이 정확하게 그 황홀함에
맞먹는 고통을
겪어야 한다.

사랑받은 시간을 누릴 때마다
그 시간을 정확하게 연(年)으로 바꾸어 –
눈물 젖은 돈궤에서 –
한 푼도 빼지 않고 가차 없이 갚아야 한다!

함성을 지르며 싸우는 것도 아주 용감한 일이지만 –
가슴속에서
슬픔의 기병대를 지휘하는 사람이
더 씩씩하다는 것을 안다 –

그가 이겨도, 조국은 모르고 –
그가 쓰러져도 – 아무도 주목하지 않는다 –
그가 죽어 가며 눈을 감아도, 어떤 나라도
애국자라고 사랑의 눈길을 보내지 않는다 –

그런 사람들을 위해 날개 단
천사들이 눈처럼 하얀 제복을 입고 –
계급순으로 발맞추어 –
행진하리라고 믿는다.

새들이 돌아올 때다 -
뒤를 돌아보면 -
몇 마리 - 한두 마리밖에 없다.

하늘이 다시
6월이라고 궤변을 늘어놓을 때다 -
파란 하늘과 황금빛 노을이 일으키는 착각이다.

벌은 이런 사기에 넘어가지 않는데 -
흡사 여름 날씨 같아 나는
여름이라고 믿어 버린다.

마침내 주렁주렁 달린 열매가 증언하고
겁에 질린 나뭇잎이 변해 버린 대기 속으로
살짝 떨어진다.

오 여름날의 성찬식이여,
오 안개 속의 마지막 성찬식이여 -
아이도 합류하게 허락하소서

그대의 성찬에 참여할 수 있게 해 주소서 –
그대의 신성한 빵을 먹고
그대의 영원한 포도주를 마시게 해 주소서!

시인의 노래를 빼고는
며칠째 단조로운 가을날
조금만 이쪽으로 가면 눈
조금만 저쪽으로 가면 안개 –

며칠째 서늘한 아침 –
며칠째 금욕적인 저녁 –
이런 시간이 지나가면 – 브라이언트 씨의 '황금 막대'와 –
톰슨 씨의 '밀 짚단'이 나타나겠지.

아직까지, 시냇물은 소란스럽게 흘러가지만 –
향긋한 콩깍지는 다 여물었고 –
부드러운 손가락이
여러 요정들의 눈을 쓰다듬으며 – 최면을 거네 –

아마도 다람쥐가 남아 –
내 마음을 알아줄 거야 –
오 신이시여, 밝은 마음을 주소서 –
바람 부는 겨울날을 견딜 수 있게 해 주소서!

아마 당신은 꽃을 사고 싶겠지만,
나는 결코 팔 수가 없어요 –
원하시면,
수선화를 빌려 드릴게요

시골집 문 아래서
수선화가 노란 보닛을 풀 때까지,
꿀벌이 클로버 밭에서
백포도주와 셰리주를 빨아 먹을 때까지,

그때까지만 빌려 드릴 뿐
한 시간도 더 빌려 드릴 수는 없어요!

그대 작은 가슴속에 시냇물이 흐르고 있나요?
수줍게 꽃이 피어나고,
조심스레 새가 물 마시러 오고,
그림자가 흔들리는 시냇물 –

아무도 모르게 시냇물이,
조용히 흐르고 있지만,
당신은 매일 그곳에서
생명수를 한 모금씩 마시죠 –

강물이 흘러넘치고,
산비탈에 눈사태가 나고,
종종 다리까지 떠내려가는 3월에,
그 작은 시냇물을 찾아보세요 –

그리고 나중에, 아마 8월쯤 –
초원의 목초가 타들어 갈 때,
이 작은 생명의 시냇물이 어느 불타는 정오에,
말라 버리지 않도록 조심하세요!

온통 이끼로 빽빽하게 뒤덮이고,
잡초가 무성하게 자란,
조용한 '하워스'에
'커러 벨"이라는 작은 새장이 놓여 있었다.

그녀가 이리저리 헤매며 –
아주 심한 고통을 겪은 다음에야
극락의 꽃을 찾아냈음을
겟세마네'는 말해 줄 수 있으리!

당황한 그녀의 귀에
부드럽게 에덴의 소리가 들린다 –
오, '브론테'가 천국에 들어선 순간
얼마나 경이로운 천국의 오후가 펼쳐졌을까!

그대는 나를 사랑해요 - 분명 사랑해요 -

오해일 리가 없어요 -

속았다고 깨닫게 될 리 없어요 -

어느 날 아침 씩 웃으며 -

일출이 떠나고 -

과수원 - 열매도 다 떨어지고 -

돌리 그대도 - 사라질 리가 없어요!

나는 깜짝 놀랄 필요가 없어요 - 당신의 사랑은 확실하니까 -

겁에 질려 - 그대 집으로 달려갔는데 -

창문은 깜깜하고 -

더 이상 돌리, 그대가 없는 밤 -

그런 밤은 오지 않을 거예요 -

아무도 없을 리가 있어요?

틀림없이 그대는 나를 사랑해요 - 그래요 -

당신이 그렇게 말해 준다면 -

내 상처 위에 -

살짝 향유를 발랐던 때보다 -

더 잘 견딜 수 있을 거예요 -

그대가 날 쏘네요! - 다시!

나 강은 당신을 향해 달려가요 –
푸른 바다여! 날 환영해 줄래요?
나는 답을 기다리고 있답니다 –
오, 바다여 – 다정하게 봐 주세요 –
그늘진 아늑한 구석에 있던
시냇물도 데려갈게요 –
말하세요 – 바다여 – 날 받아 준다고!

사냥꾼 말로는 –
상처 입은 사슴이 – 가장 높이 뛰어오른단다 –
그것은 죽음의 황홀경일 뿐 –
그 후엔 정적!

돌을 깨면 산산조각 나 흩어진다!
짓밟힌 용수철은 튀어 오른다!
벌에게 심하게 쏘이면
뺨은 늘 더 빨갛게 된다!

환희는 고통을 감추는 갑옷이다 –
조심스레 무장해,
피를 본 누군가가
"다쳤어요"라고 소리 지르지 못하게 한다!

나는 화산을 본 적은 없지만 –
여행자들 말로는
오래된 – 휴화산들은
보통 아주 고요하다고 한다 –

휴화산 내부에는 – 연기와 불,
끔찍한 대포와 총이 있어,
아침 식사로 마을을 덮쳐,
공포에 휩싸이게 한다 –

인간 얼굴의
고요함도 화산 같다면
엄청난 고통에
아무렇지도 않은 표정을 짓다가 –

결국 들끓는 고통을
이기지 못하고 –
포도밭을 뒤흔든 후
내동댕이쳐 흙더미로 만든다면?

골동품 애호가가,

어느 날 아침 이곳을 발견했는데도,

환희에 차 "폼페이"라고 외치지 않으면 어쩌지!

"다시 언덕이 되어라"라고 외치지 않으면 어쩌지!

마치 북극 끝에 핀,
작은 꽃 하나가 –
위도를 따라 떠내려와
여름 대지에 –
태양이 불타는 하늘에 –
이름 모를 화려한 꽃 무리에 –
낯선 새소리에 도달해
어리둥절해하는 것 같아요!
이 작은 꽃은 마치
천국으로 떠내려온 것 같은데 –
그다음은? 아니, 거기서 어디로 갈지는,
그대의 추측에 맡길 뿐이에요!

불쌍한 작은 마음아!
그들이 너를 잊었니?
그럼 신경 쓰지 마! 그럼 신경 쓰지 마!

자신만만한 작은 마음아!
그들이 너를 버렸니?
당당하렴! 당당하렴!

나약한 작은 마음아!
너를 아프게 하지 않을게 –
나를 믿지 못하겠니? 나를 믿지 못하겠니?

명랑한 작은 마음아 –
나팔꽃처럼 되어라!
바람이 불고 해가 뜨면 – 꽃이 필 거야!

그는 잊었고 – 나는 – 기억했다 –
그것은 오래전 예수와 베드로가 –
그랬듯이 늘 있는 일이었다 –
"신전 불"을 쬐며 "몸을 데웠다"

"그와 함께 계셨나요?" – "여종이" 물었다
"아니요" – 베드로가 대답했다, "그건 내가 아니었소" –
예수는 베드로를 "바라보기만" 했다 –
내가 – 그대에게 – 베드로와 다르게 할 수 있을까?

그녀의 뺨 위에 장미꽃이 깡총깡총 뛰어다니고 -
윗도리가 오르락내리락했다 -
술 취한 사람처럼 애처롭게 -
횡설수설하는 그녀 -

수놓을 것을 찾으려고 더듬대는데 -
제대로 수도 놓지 못했다 -
저렇게 영리한 작은 아가씨가 왜 괴로워하지 하고 -
어리둥절했다 -

그러다 맞은편에 - 앉아 있는 사람 역시
장밋빛 뺨이 된 걸 보고 알았다 -
바로 맞은편 - 사람도
술 취한 사람처럼 말은 디듬었다 -

맞은편 사람의 조끼도 아가씨의 윗도리처럼 -
영원한 음조에 맞춰 춤을 추었다 -
마침내 어쩔 줄 몰라 하던 - 두 개의 시계가
부드럽게 하나로 똑딱거렸다.

천천히 오라 – 에덴이여!
그대를 처음 만난 입술이 –
수줍어하며 – 그대의 재스민을 빤다 –
마치 벌 한 마리가 –

뒤늦게 꽃에게 다가와,
꽃 주위를 윙윙대다 –
달콤한 꿀을 보고 –
들어와 – 향유 속에 기절하듯이.

나는 커다란 진주 장식 잔으로 –
아무도 빚은 적 없는 술을 마시네 –
라인강의 포도주 통을 모두 모아도
이런 술은 빚을 수 없으리!

나는 – 공기에 취하고 –
이슬을 마구 들이켜네 –
끝없이 긴 여름날 내내 비틀거리며 –
녹아 버린 하늘 술집에서 나오네 –

술집 주인이 만취한 벌을
디기탈리스 꽃 밖으로 쫓아 버리고 –
나비가 – 술을 그만 마실 때도 –
나는 더 마시려고 하네!

성인들이 – 창가로 달려오고 –
천사들이 하얀 모자를 흔들며 달려와 –
비틀대다 태양에 기대고 있는
작은 주정꾼을 볼 때까지 –

그녀가 알록달록한 빗자루로 쓸어도 –
뒤에 부스러기가 남는다 –
오, 서쪽 저녁 하늘의 주부여 –
돌아와서 연못을 청소해 주세요!

당신은 보라색 실을 떨어뜨리고 갔어요 –
호박색 실을 떨어뜨리고 갔어요 –
그리고 동쪽 하늘 가득
에메랄드 조각이 흩어져 있어요!

아직도 그녀는 알록달록한 빗자루로 쓸고,
아직도 앞치마를 휘날리다가,
마침내 빗자루가 살며시 별 속으로 사라지네요 –
그 후 나도 멀리 떠나요.

'여름'일 리가 없어요!

그런데 – 벌써 여름이 지났다고요!

아니, 아직 이른 – '봄' – 인걸요!

봄날 찌르레기가 눈 덮인 하얀 마을을 여럿 –

지나온 다음 – 노래하는걸요!

'죽어 가고' 있을 리가 없어요!

아직도 너무 붉은색인데요 –

죽은 것들은 창백해지는걸요 –

그러자 저녁노을이 초록색 귀감람석(貴橄欖石) 테두리를

물들이며 내 질문을 막아 버린다!

아, 달이여 – 별이여!
아주 멀리 떨어져 있구나 –
하지만 너희보다
더 멀리 떨어진 사람이 없다면 –
내가 하늘이나 –
혹은 하늘 근처라도 –
잠시 들를 수 있을까?

내가 만일
종달새의 보닛을 –
알프스 산양의 은빛 구두를 –
영양의 등자를 빌려 –
오늘 밤 너희와 함께 있으면 좋으련만!

하지만, 달이여, 별이여,
너희가 멀리 떨어져 있기는 하지만 –
너희보다 더 멀리 떨어져 있는 – 사람이 있단다 –
하늘보다 – 더 먼 곳에 있어 –
결코 그에게 다가갈 수 없구나!

내가 고뇌의 표정을 좋아하는 것은,
그것이 진짜인 걸 알기 때문이다 –
경련이 난 척하거나,
임종의 고통을 흉내 낼 수는 없다 –

일단 눈이 흐려지면 – 바로 죽음이다 –
정말로 고뇌에 차
앞이마에 땀방울이
맺힌 척할 수는 없는 법이다.

거친 밤이여 - 거친 밤이여!
나 그대와 함께 있다면
이 거친 밤
사랑을 불태울 텐데!

항구에 있는 사람에게는 -
아무리 바람이 불어도 - 상관없다 -
나침판도 필요 없다 -
지도도 필요 없다!

에덴에서 노를 저으니 -
아, 바다여!
오늘 밤 - 내가 - 그대에게 -
정박할 수만 있다면!

나는 슬픔을 –
슬픔으로 가득 찬 웅덩이를 건너갈 수 있다 –
나는 슬픔에 익숙해져 있다 –
하지만 기쁨이 살짝 밀면
휘청이다가 –
기쁨에 취해 – 넘어진다 –
조약돌아 – 웃지 마렴 –
그건 새 술이었어 –
그뿐이었어!

힘은 고통일 뿐 –
훈련으로 고통이 사라지고,
마침내 무게를 견디는 것 –
거인에게   향유를 발라 주면 –
인간처럼 나약해지고 –
거인에게 히말라야를 주면 –
히말라야도 거뜬히 든다!

희망에는 날개가 있다 -
영혼에 앉아 -
가사 없는 노래를 부른다 -
그 노래는 - 끝없이 이어진다 -

폭풍이 휘몰아쳐 힘들고 -
당황스러울 텐데도 작은 새는
강풍 속에서도 - 가장 달콤한 노래를 불러 -
따스하게 사람들을 위로해 준다 -

혹한이 몰아치는 동토에서도 -
아주 낯선 바다에서도 나는 그 노래를 들었다 -
하지만 그 새는, 극한 상황에서도,
내게 - 결코 빵 부스러기 한 쪽도 요구하지 않았다.

기쁨은 비행 같아요 -
아니면 그 비슷한 거예요,
학교에서 말하듯이 -
무지개이기도 하죠 -
비 온 후, 걸쳐 놓은
화려한 실타래도,
기쁨만큼 빛나지만,
기쁨의 비행은
마음의 양식이라는 점만 다르죠 -

어린 시절 무지개가
하늘에
둥글게 떠 있을 때
동쪽 하늘에 대고
"제발 그대로 있게 해 주세요"라고 부탁했죠 -
그리고 환희에 차
무지개는 항상 있고,
텅 빈 하늘이
예외라고 생각했죠 -

삶에 대해서도 –
나비에 대해서도 그랬어요 –
눈속임일까 봐 두렵기는 했지만
마법에 걸려 –
먼 위도까지 상속받았죠 –
그리고 어느 날 아침 갑자기 –
우리 몫은 – 그런 식으로 –
사라졌어요 –

겨울 오후,
한 줄기 빛이 비스듬히 비쳐 -
성당 음악처럼 무겁게
짓누른다 -

천상의 고통을 주는 그 빛 -
상처는 안 보이지만,
그 의미가 머무는,
내면은 달라진다 -

그것을 가르쳐 줄 사람은 - 아무도 없다 -
그것은 봉인된 절망 -
대기 중에 다가오는
위압적인 고통이다 -

그 빛이 올 때, 풍경은 귀 기울이고 -
그림자는 - 숨죽인다 -
그 빛이 사라질 때 멀리 떨어진
죽음 같다 -

언제 고난이 – 끝날지 정해 주세요 –
그래야 사람들이 견딜 수 있어요!
얼마나 피를 흘려야 하는지 – 정해 주세요!
생명의 주홍 – 핏방울을 얼마나 – 많이 – 흘려야 하는지 –
수학을 다루듯이
영혼을 다루어 주세요!

얼마나 많은 시대를 견뎌야 하는지 – 알려 주세요 –
그래야 – 불평하지 않고 – 고통을 견딜 거예요 –
해가 질 시간을 시시각각 표시하는 –
노동자처럼 – 고통스러워도 – 노래를 부를 거예요!

전에는 흰옷 입은 – 여인이 되는 것이 –
신이 어울린다고 여기시면 –
완벽하게 신비해지는 것이 –
경건한 일이라고 – 말했다 –

신비스러운 우물 속으로
삶을 던지는 건 – 어리석은 짓 –
끝없는 나락으로 떨어져 – 영원이 지난 후에야 –
되돌아올 테니까 – 마침내 –

최고의 행복은 어떤 모습일지 생각해 보았다 –
손에 쥘 수 있으면 –
안개 속에서 – 흔들리는 것이 – 크게 보이듯이 –
아주 크게 느껴지셨지 –

그러자 – 현인들이 – 작다고 하는 –
이 '작은' 인생이 –
내 가슴속에서 – 지평선처럼 – 커졌고 –
나는 – 조용히 – "작다고!"라며 비웃었다

날 의심하다니, 내 마음을 몰라주는 연인이여!
그대에게 아낌없이 바친
사랑 중 일부만 신께 바쳤어도 –
신은 만족했을 텐데요 –
영원히, 내 전부를 드렸는데 –
여인이 더 이상 무엇을 드릴 수 있는지,
얼른 말해 주세요. 그대에게
마지막 기쁨까지 다 바쳐도 된다고 해 주세요!

이건 내 영혼일 수 없어요 –
예전에 그대의 것이었으니까 –
나 그대에게 모두 바쳤어요 –
초라한 처녀인 내가
무슨 재산이 더 있었겠어요,
바라는 것은 기껏해야 – 저 먼 천국에서,
그대와 조용히 사는 것뿐이었어요!

그 처녀의 머리에서 맨발 끝까지, 샅샅이 살펴세요!
안간힘을 써서 끝까지 추측해 보세요 –
태양의 눈앞에서 –

양탄자처럼, 멀리 던져 버리고,
처녀의 섬세한 사랑만 체로 거르세요 –
하지만 영원한 눈송이 속에
신성한 눈만을 그대로, 간직하세요 –
오, 트집쟁이인 당신을 위해서요!

더 이상은 기다리지 않겠다고 하면 어쩌실 거예요!
내가 육체의 문을 뚫고 –
당신에게로 – 도망치겠다면요!

내가 죽음을 택하면 어쩌실 거예요 –
어디에 상처가 났는지 보세요 – 그거면 충분해요 –
그리고 마음대로 가 버리세요!

그들은 – 더 이상 – 나를 데려갈 수 없어요!
총을 들이대고 – 지하 감옥에 가두겠다고 해도
이제 내게는 무의미해요 –

한 시간 전 웃음이나 –
레이스나 – 유랑 극단 공연이나 –
어제 죽은 사람처럼 무의미해요!

나는 뇌 속에서, 장례식을 치르는 느낌이었다,
조문객들이 계속 이리저리
걸어 다니고 – 또 걸어 다니고 – 마침내
감각이 모두 사라지는 것 같았다 –

모두 자리에 앉자,
장례식이 치러졌다 –
계속 북을 치고 – 또 쳤다 – 마침내
정신이 마비될 것 같았다 –

그 후 관 뚜껑이 들렸고
납 장화가 삐걱대면서
내 영혼을 밟는 소리가 났다
그 시 후 – 조종이 울리기 시작했고,

천국 모두가 하나의 종이 되었고,
나는 하나뿐인 귀가 되었으며,
나와 침묵은, 기이한 종족처럼
여기, 외롭게, 난파되었다 –

그 후 이성의 판자가 부서졌고,
나는 아래로, 또 아래로 떨어졌다 –
떨어질 때마다 하나의 세상에 부딪쳤고,
그 뒤 – 아무것도 알 수 없었다 – 그러고 나서 –

시계가 멈추었다 –
벽난로 위 시계만 빼고 –
가장 탁월한 제네바 장인도
이제 막 멈춘 –
시계추를 살릴 수 없다 –

그 시계가 갑자기 공포에 사로잡혔다!
숫자들은 괴로워하며 몸을 구부리더니 –
십진법에서 빠져나와 몸을 떨다가 –
정오에 멈춰 버린다 –

눈처럼 얼어붙은 시계추는 –
의사가 와도 꼼짝도 안 한다 –
상점 주인이 아무리 부탁해두
냉정하게 – 무관심하게 거부한다 –

도금한 시곗바늘이 거부한다 –
가느다란 초침이 거부한다 –
수십 년 동안은
그가 –
거만하게 시계를 대했는데 –

난 하찮은 사람이에요! 당신은 누구세요?
당신 – 역시 – 하찮은 사람인가요?
그러면 우리는 한 쌍인가요?
아무 말도 하지 마세요! 그들이 떠벌릴 거예요 – 알겠죠!

대단한 사람이 – 되는 건 – 얼마나 처량한 일인지!
6월 내내 – 우러러보는 습지에 대고 –
울어 대는 개구리처럼 –
공공연히 자신의 이름을 들먹여야 하니까요!

나는 혼자 있을 수 없다 –
많은 이들이 – 나를 방문한다 –
그들은 마구 문을 밀고 들어와 –
아무 기록도 남기지 않는다 –

그들은 옷도 입지 않고, 이름도 없다 –
언제 온 건지 – 어느 지방에 사는지도 모른다 –
하지만 땅속 보물을 지키는 난쟁이처럼
어디든 다 자기 집이다 –

아마 우리 집 시종들은
그들이 오는 건 알겠지만 –
그들이 결코 떠나지 않아서 –
가는 건 – 본 사람이 아무도 없다 –

영혼은 사귈 사람을 선택한다 –
그 뒤 – 문을 닫고 –
더 이상 신성한 다수에게 –
자신을 드러내지 않는다 –

보잘것없는 영혼의 문 앞에 –
멈춘 마차를 보아도 – 요지부동 –
황제가 깔개 위에 – 무릎을 꿇어도 –
요지부동 –

내가 아는 영혼은 – 나라 전체에서 –
단 한 사람만 선택하고 –
다른 사람에게는
돌처럼 – 무관심하다 –

여름날을 반복할 수 있는 사람이면 –
그가 – 아주 하찮은 사람이라도
분명 여름보다 더 위대해 보일 거예요 – 당연히 그래요 –

그는 – 해가 저물 때 –
다시 해를 만들 수도 있을 거예요 –
아직 남아 있는 – 태양의 흔적으로 – 만들 거예요 –

동쪽 하늘은 – 이미 어두워지고 –
서쪽 하늘은 – 아직 보이지 않을 때 –
이름을 – 남길 거예요 –

진한 잿빛 체에 걸러진 눈 –
숲을 모두 뽀얗게 분칠하고
홈 팬 길을
하얀 모직 천으로 메우네 –

산과 들판의
얼굴은 결이 고와지네 –
동쪽에서 시작해
다시 동쪽에서 끝나는 매끈한 이마 –

울타리에 내리는 눈이 –
난간 하나하나를 감싸서
울타리는 포근한 양털에 묻혀 버리네 –
그루터기와 장작더미 – 나무줄기에

하늘의 하사품을 나누어 주네 –
텅 빈 여름의 방 –
추수가 끝난 넓은 들판에는
눈 내린 풍경뿐 아무 기록도 없네 –

기둥 끝을 여왕의 발목인 양

주름으로 장식하네 –

그리고 장인들에게 – 유령처럼 – 가만히 있으라 하네 –

마치 그들이 다녀가지 않은 것처럼 –

태양이 어떻게 뜨는지 말해 줄게요 –
한 번에 리본을 하나씩 풀면 –
첨탑들은 진한 보라색 하늘에 잠기죠 –
그 소식은 다람쥐처럼 빨리 퍼져 나가 –
언덕들도 보닛을 풀기 시작하고 –
쌀먹이새는 – 지저귀기 시작하죠 –
그러면 난 조용히 혼잣말을 하죠 –
"태양이 뜬 게 분명해!"
그러나 태양이 어떻게 지는지 – 몰라요 –
보라색 방지턱이 있는데
노란색 옷을 입은 남자아이들과 여자아이들이
방지 턱 위로 올라가 –
마침내 반대편으로 넘어가면,
회색 옷을 입은 선생님이 –
저녁이라는 빗장을 살짝 든 후 –
멀리 그들을 데리고 가죠 –

319

거의 다 이루어진 꿈이 – 멀리 사라져 버린다 –

우리가 좇는 천국은,

남학생 앞에 있는 – 6월의 꿀벌처럼,

따라오라고 한 다음 –

클로버 위에 편하게 앉아 – 몸을 숙이고 –

꿀을 빨고 – 피하며 – 애를 태우며 – 이리저리 날다가 –

그 뒤 – 화사한 구름을 향해

가벼운 몸을 치켜세우고 –

남학생을 무시하지만 –

비웃는 하늘을 – 보자 – 당황해 –

늘 꿀이 있는 고향으로 날아간다 –

아 – 다른 항로로 날아가는

벌은 드물구나!

진주를 걸칠 자격을 갖출 때까지 –
우리는 짝퉁을 걸친다 –
그러고 나서 짝퉁을 버리고 –
우리 자신을 바보라고 규정한다 –

비록 – 모양이 – 비슷하기는 하지만 –
새롭게 모래를 매만지며
연습을 거듭해 –
보석 만드는 – 기술을 배웠다 –

외국에서 오는 모든 소리는,
우편료도 받지 않고 배달되네
나뭇가지 사이의 예전 박자처럼 –
가사 없는 곡조가 울리네 –
바람은 – 손처럼,
손가락으로 하늘을 빗다가 –
떨며 – 수많은 곡들을 –
신과 – 내게 – 쏟아붓네 –

이것은 우리에게 주어진 유산 –
예술로 만들 수도 없고 –
도둑이 훔쳐 갈 수도 없는 유산이네 –
손으로 만들지 않았고,
뼈보다 더 깊은 곳에 –
감추어져 온종일 금빛을 뿜기 때문이네 –
그리고 유골 단지 속에 있어도,
어떤 기이한 휴일에,
먼지들이 즐겁게 일어나
자신들만의 기묘한 방식으로
장난치지 않으리라고 보장할 수 없네.

바람이 모여 빙빙 돌다가 –
문을 두들기고,
새들이 – 머리 위로 – 날아올라,
오케스트라를 데려올 때 –

비록 내가 버림받은 자라고 할지라도,
신께 여름 나무의 은총을 갈구하네 –
결코 들어 본 적 없는 영혼의 노래를 –
나무 위로 – 경건하게 – 솟구쳐
사막의 대상(隊商)처럼 하늘에서,
흩어졌다가,
다시 모여 –
완벽한 대오를 이루는 노래를 –

여름의 절정에 그날이 다가왔고,
완벽하게 내 차지였다 –
그런 일은 부활의 – 순간,
성인들에게나 일어날 일이라고 생각했다 –

태양은 여느 때처럼 밝게 빛났고,
꽃들은 낯익은 모습으로 피어 있었다.
마치 만물이 새로워지는
하지가 아직 오지 않은 것 같았다 –

언어로 신성이 더럽혀지지 않은 시간이었다 –
단어라는 상징이 필요 없는 시간,
성찬식에 – 우리 주님에게,
옷이 필요 없는 것처럼 –

서로가 서로에게 인증받은 교회였고,
천국의 만찬에서
우리가 너무 어색해 보이지 않도록
이 – 번에는 – 교감을 허락받았다.

빠져나가지 못하게 – 꼭 붙잡고 있었지만,
늘 그렇듯이 시간은 빨리 지나갔다 –
그래서 두 갑판 위에서 반대편 육지를 보던
두 얼굴이 뒤돌아 마주 보았다 –

시간이 다 새어 나갔을 때,
소리를 죽인 채
우리는 서로를 십자가에 묶었다 –
그것만이 우리를 연결해 주었다 –

우리는 분명 부활할 것이다 –
마침내 무덤을 – 나와 –
사랑의 십자가의 – 인정받아,
새로 결혼할 것이다 –

토슈즈를 신고 춤출지 몰라요 -
아무한테도 배운 적이 없어요 -
하지만 종종 솟구치는,
환희에 휩싸일 때,

발레를 출 줄 안다면
발끝으로 빙빙 돌며 군무를 빛내거나
광란의 독무를 추면서 -
환희를 드러낼 텐데요.

하지만 내게는 비치는 발레복도 -
곱슬머리도 없었고,
새처럼 - 한 발은 - 공중으로 뻗은 채,
청중을 향해 뛰어가지도 않았고,

몸을 백조처럼 동그랗게 말고,
눈으로 덮인 바퀴처럼
보이지 않을 때까지 굴러가지도 않았지만,
극장의 앙코르 소리가 들리네요 -

여기서 – 솔직하게 – 털어놓기는 하지만 –
나의 예술을 아는 사람은 없어요 –
플래카드로 홍보하지 않아도 –
내 춤은 오페라만큼이나 완벽한걸요 –

눈이 멀기 전에는
나도 눈이 있는
다른 사람들처럼 보고 싶었다 –
다른 식으로는 보지 못했다 –

하지만 내가 – 오늘 –
하늘을 볼 수 있다는 말을 듣는다면
내 몸이 너무 작아, 심장이
터져 버릴 것이다 –

초원을 – 볼 수 있고 –
산을 – 볼 수 있고 –
모든 숲을 – 무한한 별을 –
정오에 내 유한한 눈으로
보듯이 볼 수 있다는 말을 들으면 –

내려오는 새의 동작을 –
석양으로 물든 호박색 길을 –
내가 – 원할 때 볼 수 있다는 말을 들으면 –
충격으로 죽을 것 같다 –

다른 사람들은 - 무모하게
태양을 바라보지만 -
나는 영혼만 유리창에 두는 편이 -
더 안전할 것 같다 -

산책로에 새 한 마리가 내려왔다 –
내가 보는 걸 모르고 –
그 새는 지렁이를 물어 반 토막 내더니
산 채 먹어 버렸다,

그러고는 가까운 풀잎에서
이슬을 마셨다 –
그러고는 풍뎅이가 지나갈 수 있게
담장 옆으로 팔짝 뛰었다 –

황급히 이리저리 눈을 굴리며
사방을 둘러보는데 –
엽주 같은 눈은 겁에 질려 있있고 –
벨벳 같은 머리는 흔들렸다

위험에 빠진 사람에게 주듯이, 조심조심,
빵 부스러기를 주었다
그러자 새는 날개를 펴고
부드럽게 둥지를 향해 노 저어 갔다 –

바다를 가르는 노보다 더 부드럽게
정오의 강둑에서 날아오른 나비가
고요히 대기 중을 유영하는 것보다 더 부드럽게
이음매 하나 없이 은빛으로 빛났다 –

나는 그가 존재한다는 것을 안다
그는 우리의 세속적인 눈을 피해
어딘가에 자신의 고귀한 삶을
조용히 ― 숨겨 두었다 ―

그것은 순간적인 놀이다 ―
지복이 쏟아지는
깜짝 선물을 주기 위해
장난스럽게 잠복하는 것이다!

그러나 ― 그것이
정말 열심히 하는 놀이로 증명되고 ―
죽음의 ― 굳은 ― 응시 앞에 ―
환희로 ― 빛나면 ―

장난은 너무 비싸게
보이지 않을 것이다!
농담이 너무 ―
지나친 게 아닐 것이다!

큰 고통을 겪은 뒤 형식적으로만 존재하는 느낌이 든다 –
신경은 무덤처럼, 예식에 어울리게 앉아 있다 –
잔뜩 긴장한 심장은 묻는다 고통을 겪은 사람이 바로 그였는지,
어제 일인지 아니면 수 세기 전 일인지

땅이든, 공중이든, 어디든 –
나무가 마구 자란
숲길이든,
발은 기계적으로 돌아다닌다 –
수정처럼 딱딱해져 만족한다

지금은 납의 시간 –
만일 이 시간을 견디고 살아남는다면,
동상 걸린 사람들이, 눈을 회상하듯이 기억할 것이다 –
처음에는 – 냉기 – 그 뒤 마비 – 그 뒤 포기 –

나는 처음 찾아오는 울새가 두려워, 그래,
하지만 이제는 그 소리가 아무렇지 않고,
울새에게 약간 익숙해졌다,
그래도 약간 고통스럽기는 하다 –

저 울새의 첫 울음이 사라질 때까지만
살 수 있으면 –
숲속의 모든 피아노 소리가
나를 난도질할 수 없으리라고 생각했다 –

수선화를 만날 용기가 없었다 –
수선화의 노란 가운이
아주 낯선 방식으로
나를 찌를까 봐 겁이 났다 –

풀잎이 더 빨리 자라길 기원했다 –
그래서 – 사람들이 볼 때 –
풀잎이 자라서, 아주 훌쩍 자라서
가장 키 큰 풀잎이 – 날 가려 주길 기원했다 –

나는 벌이 오는 것도 견딜 수 없어서,

벌들이 희미한 시골로,

날아가 버리기를 기원했다

벌들이 내게 무슨 할 말이 있겠는가?

하지만 그들 모두 여기 있다, 하나도 남김없이 –

꽃들도 모두 다가와

갈보리* 여왕인 –

내게 점잖게 경의를 표한다 –

그가 지나갈 때, 모두 내게 인사를 하고,

죽은 나는 갓 돋은 날개를 들어,

그들의 무심한

울음을 인정한다 –

359

나는 이렇게 잡았죠 -
천천히 올라가 -
천상의 기쁨과 - 나 사이에서
자라는 나뭇가지를 붙잡았죠 -
가지가 하늘만큼이나
높이 자라서
묘수를 써 올라가야 했죠 -

나는 잡았다고 했죠 -
그게 - 다였어요 -
가지가 떨어지지 않도록
얼마나 꼭 붙잡고 있는지 보세요 -
순간의 은총으로
만족하지 못해 -
거지가 되었어요 - 한 시간 전
거지 얼굴을 갖게 되었어요 -

하얗게 타오르는 영혼을 볼 용기가 있느냐?
그렇다면 대장간 안에 쭈그리고 앉아라 –
불꽃은 보통 빨갛지만 –
선명한 원석은,
불꽃보다 더 빛나게 타오르며
용광로에서 떨리며
무색이 되고 성유가 더해지지 않은
불꽃 빛을 띤다
모루에서 나는 균일한 소리는
고결한 영혼을 벼리는 더 훌륭한
내면의 – 용광로를 상징한다 –
그런 대장장이가 있는 마을은 드물지만
그는 망치와 불꽃으로
안달하는 원석들을 정련한다 –
구원의 빛을 띠고
용광로를 떠날 때까지

깨어날 때마다 –
커튼과 벽 –
사이 넓은 틈에
베네치아인 – 시종처럼 –

풍경이 –
눈앞에 나타난다 –
비스듬히 하늘에 기댄 –
사과나무 가지 –

굴뚝의 문양 –
언덕의 앞쪽 –
때때로 – 풍향계 바늘 –
하지만 그건 – 가끔 있는 일 –

계절에 따라 – 내 그림은 – 변화한다 –
일어나 보니 – 내 에메랄드 가지에서,
에메랄드가 사라졌다 –
그러자 – 북극 보석함에서

눈이 가져온 다이아몬드가 보인다 –

굴뚝과 – 언덕과 –

첨탑 풍향계 바늘 –

이것들은 – 요지부동이다 –

물론 - 나는 기도했어요 -
그런데 신이 관심을 보였냐고요?
새가 공중에 - 남긴 발자국에
관심을 보이는 정도의 - 관심을 보였죠 -
그러고는 이성을 - 생명을 -
"내게 주세요"라고 외쳤죠 -
그대가 없었다면 - 생명도 필요 없었어요 -
무덤 속에 몸이 삭아 있는 것이
더 큰 자비였어요 -
아무것도 모른 채, 즐겁고, 마비된 채, 명랑한 게 -
이 가혹한 불행보다 나아요.

스스로 기쁨을
거두는 연습을 하면 –
살인 같은 지복을 누린다 –
전능하고 – 강렬한 지복을 –

우리는 단검을 내려놓지 않으려고 한다 –
단검이 스쳐 생긴
상처를 사랑하기 때문이다 – 단검 자체가
우리가 죽었음을 일깨워 준다.

환희는 – 마음속에 있어요 –
신성한 포도주처럼
멋지게 취해 버리는
포도주는 외부에 있지 않아요

영혼 – 자신이 – 포도주를 –
마시거나 아니면
방문자용이나 – 성찬용으로 – 남겨 두죠 –
물론 주일 예배를 위한 건 아니에요

라인 포도주를 수없이
벽장 속에 감추어 놓은
사람을 자극할 수 있는 – 최고의 방법은
당신 포도주를 기쁘게 내놓는 거예요

우주가 – 하나의 암석이고 –
나를 부르는 그의 낭랑한 목소리가 –
벽 건너에서 들린다면
벽을 – 개의치 않을 텐데 –

갑자기 그에게 닿을 때까지
터널을 뚫을 텐데 –
그의 눈 속을 들여다보면 –
보상받은 내 얼굴이 빛날 텐데 –

하지만 실 한 오라기가 있다 –
아주 가느다란 – 법이라는 실 –
단단하게 짜인 – 거미줄 –
밀짚 – 성벽 –

숙녀의 얼굴을 가린
베일 같은 경계 –
하지만 총알 자국투성이인 – 성채 –
틈새로 보이는 – 용들 –

첫날밤이 왔다 –
그렇게 끔찍한 일을 –
견뎌 낸 걸 감사하며
내 영혼에게 노래를 부탁했다 –

영혼은 현이 끊어지고 –
활은 – 산산조각 났다고 했다 –
그래서 그녀를 수선하기 위해
나는 다음 날까지 일해야 했다 –

그 뒤 – 어제보다 두 배는
더 엄청난 날이,
끔찍한 일들이 내 눈앞에 펼쳐졌고 –
마침내 나는 눈을 감고 말았다 –

내 뇌는 – 웃기 시작했고 –
나는 – 바보처럼 – 중얼거렸다 –
그리고 – 그날은 – 수년 전인데도 –
내 뇌는 계속 킥킥댄다 – 아직도.

뭔가 – 마음이 – 이상하다 –
과거의 나와 –
지금의 나는 – 같은 사람이 아닌 것 같다 –
이 상태는 – 미친 건가?

내게 내려진 선고를 – 차분히 – 읽어 보았다 –
극형에 처한다는 조항이 있어서,
잘못 읽었나 하고
다시 꼼꼼하게 읽어 보았다 –
언제 어떤 식으로 수치스러운 일을 당할지 확인했고 –
이어 "신의 자비가 내리길"이라는
경건한 공식 문구를 확인했다
배심원들은 나를 하느님께 보내기로 투표했다 –
내 영혼은 극형에 – 익숙해 있어 –
고통이 새롭지 않았다 –
하지만 영혼과 죽음이 만나자 –
조용히 친구로 만날 뿐 –
아무 암시 없이 인사만 하고 지나쳤다 –
그것이 끝이다 –

빛이 사라지면 –
우리는 어둠에 익숙해진다 –
그녀에게 작별 인사를 할 때
이웃이 램프를 들어 주는 것처럼 –

우리는 새로운 밤에 – 잠시
망설이며 발걸음을 옮기다가 –
그 뒤 – 어둠에 익숙해져 –
꼿꼿하게 – 길을 걸어간다 –

그리고 더 큰 – 어둠을 만난다 –
두뇌의 저녁이라는 어둠 –
달이 뜰 기미도 없고 –
마음속에 – 별도 – 뜨지 않는다.

가장 용감한 사람들이 – 조금씩 더듬다가 –
가끔씩 앞이마를
나무에 부딪히지만 –
보는 법을 배우게 될 때 –

어둠이 변하거나 –

아니면 눈이

한밤에 적응할 때 –

인생은 거의 똑바로 걸어간다.

완전히 드러나지 않는
얼굴에 매력이 넘친다 –
숙녀는 그 매력이 사라질까 봐
감히 베일을 들추지 못한다 –

망사 사이로 자세히 살핀 후 –
베일을 들까 하다 – 포기한다 –
직접 보면 – 베일 쓴 모습에
만족했던 – 욕망이 사라질까 봐 –

알아보는 눈에는 –
지나친 광기가 가장 신성한 이성이다 –
지나친 이성은 극단적인 광기다 –
늘 그렇듯이, 여기서도 승리하는 것은 –
다수다
다수를 따르면 – 정상이 된다 –
다수를 거역하면 – 곧 위험한 사람이 되어 –
바로 쇠사슬에 묶여 버린다 –

이건 세상에 보내는 내 편지예요.
세상은 결코 내게 편지를 보내지 않았지만 –
상냥하고 기품 있게
전하는 소박한 소식이에요 –

내가 볼 수 없는 사람들에게
자연의 메시지가 전해지죠 –
다정한 – 국민들이여 – 자연을 사랑하는 만큼 –
나를 – 호의적으로 평가해 주세요

그렇게 용감한 사람들이* – 죽는데 –
사는 것이 부끄럽다 –
그런 사람들을 – 덮고 있는 –
훌륭한 흙이 부럽다 –

이 스파르타인이 누구를 위해
목숨을 바쳤는지 알려 주는 – 묘비가 부럽다
자유를 위해 희생한
그의 정신이 – 우리에게는 거의 없다 –

숭고하게 지불한 – 대가가 크다 –
목숨이 – 달러처럼 – 쌓여야만
우리가 자유를 얻을 수 있는데 –
우리에게 그럴 자격이 – 조금이라도 – 있을까?

전투라는 그릇 속에서 –
삶만큼 어마어마한 진주가*
우리를 위해 녹는데 –
우리가 그 진주를 차지할 가치가 있을까?

아마 – 살면 영웅의 명성을 얻을 것이다 –
버림받은 채 죽어 간 –
사람들이야말로 – 구세주로 –
신성을 보여 주리라 –

이런 사람이 시인이었다 – 그는
일상적인 의미에서 –
놀라운 감각을 추출하고
우리가 익히 아는

멸망한 이웃 종족에게서 –
엄청난 장미유를 짜내는 사람이었다.
예전에는 – 우리 자신도
장미유를 짜지 않았나 궁금하다 –

멋진 그림을 펼쳐 보이는 –
시인과 – 비교해 –
우리는 끝없이 가난에 –
시달리는 사람이다 –

시인은 자신의 부에 대해 전혀 – 모르고 –
도둑을 맞아도 – 전혀 손해를 보지 않는다 –
시인 – 그에게 – 재산은 –
시간을 – 초월하는 것이다 –

나는 아름다움을 위해 죽었어요 – 하지만
무덤에 제대로 적응하기도 전에
제 옆방에 진리를 위해
죽은 사람이 묻혔어요 –

"왜 죽었소?" 그가 부드럽게 물었어요
"아름다움을 위해 죽었어요." 내가 대답했죠 –
"나는 – 진리를 위해 죽었소 – 그건 같은 거요 –
우리는 형제요." 그가 말했죠 –

그래서 우리는 어느 날 밤 형제로 만나 –
방을 사이에 두고 대화를 나누었죠 –
이끼가 우리 입까지 올라와 –
우리 이름을 – 뒤덮을 때까지 대화를 이어 갔죠 –

나 죽었을 때 - 윙윙대는 파리 소리를 들었다 -
휘몰아치는 폭풍과 폭풍 사이
대기가 고요해지듯 -
방 안은 고요했다 -

주위 사람들은 - 눈물을 닦았다 -
그리고 모두 숨을 죽였다
그 방에 - 왕이 강림하는
마지막 임종을 보기 위해서 -

나는 무엇을 상속할지 유언을 남기고
내 품에 대해 - 서명을 했다
바로 그때 거기에
파리 한 마리가 끼어들었다 -

빛과 - 나 사이에 -
희미하게 - 파란 윙윙 소리가 - 들리다 말다 했다 -
그 후 창문이 보이지 않았다 - 그 뒤
보려고 해도 볼 수 없었다 -

그들은 우리를 멀리 떼어 놓았어요 –
바다와
황량한 반도만큼이나 멀리 –
"이것들이 보여"라고 우리는 신호를 보냈죠 –

그들은 우리의 눈을 뽑았고 –
총으로 제압했지만 –
우리는 전신 부호로 서로
"나는 네가 보여"라고 즉시 대답했죠 –

가장 두꺼운 벽을 세워 –
전혀 볼 수 없게 만든 견고한 –
지하 감옥에서도 –
우리의 영혼은 – 똑같이 잘 – 보았죠 –

그들은 우리에게 죽으라고 명령했죠 –
우리는 족쇄 찬 발로
유쾌하고 민첩하게 일어났죠 –
선고는 받았지만 – 단지 – 보기 위해서였어요 –

전향할 수 있다는 허가 –
잊을 수 있다는 허가 –
이런 위증을 듣고
태양으로부터 등을 돌렸어요 –

우리는 둘 다 – 죽음을 보지 못했고 –
천국을 – 알지도 못했어요 –
서로의 얼굴만이 – 유일한 태양이었고
저무는 서로를 – 보았어요 –

내게는 증오할 시간이 없었다 –
곧 죽음이 방해할 것이기에 –
남은 생이
그다지 길지 않아서
증오를 – 멈출 수 있었다 –

내게는 사랑할 시간도 없었다 –
하지만
노력해야만 사랑이 가능했다 –
사랑을 위해 조금 애쓰는 것도 –
내게는
버겁게 느껴졌다 –

479

그녀는 예쁜 단어들을 칼날처럼 능숙하게 다루었다 –
칼날은 얼마나 빛났던가 –
칼날은 모두 신경을 건드리지 않고
뼈만 발라냈다 –

그녀는 – 자신이 전혀 다치지 않으리라고 생각했다 –
그런 것은 – 칼날이 신경 쓸 일 아니니 –
천박하게 얼굴을 찡그리고 –
사람들은 고통을 얼마나 견뎌야 하나 –

아파하는 건 – 공손하지 않지만 – 인간적이다 –
인간의 오랜 관습으로
침침해진 눈 –
눈만 감으면 – 죽음에 이른다.

"왜 제가 그대를 사랑하냐고요?"
왜냐고요 –
바람이 풀잎에게
대답을 – 요구하지 않는 이유는 바람이 지나가면
풀잎이 흔들릴 수밖에 없어서예요.

바람은 아는데 – 그런데
그대는 모르고 –
우리도 몰라요 –
우리에게 그런 지혜만 있어도
충분할 텐데요 –

눈에게 번개는 왜 가까이 다가가면
눈을 감냐고 – 절대로 – 묻지 않아요 –
말할 수 없기도 하지만 –
점잖은 사람들이 원하는 대로 –
말로 설명할 –
이유가 없다는 걸 알아서예요 –

그대여 – 일출을 피할 수는 없어요 –

일출이기 때문에 – 볼 수밖에 없어요 –
그래서 – 그때 –
나는 그대를 사랑합니다 –

우리는 그대 – 다정한 얼굴을 – 덮어요 –
그대가 지겨워서는 아니에요 –
하지만 당신은 우리를 지겨워해요 –
기억하세요. 그대가 떠나면 –
우리는 – 따라가다가
마침내 그대가 알아차리면 – 멈춰요 –
그러고는 – 마지못해 – 돌아서서
몇 번이나 곱씹어 보고 –

사랑을 충분히 보여 주지 않았던
우리 자신을 자책해요 –
그대가 – 지금 – 받아 주신다면
백배 더 – 다정하게 – 강한 – 사랑을 바칠게요 –

그의 배가 지나는 바다가 부럽다 -
그가 탄 마차의
바큇살이 부럽다 -
그의 여행을 말없이 지켜보는

구불구불한 언덕이 부럽다 -
내게는 천국처럼
완전히 금지된 것을
모두 아주 편안하게 바라볼 수 있으니!

멀리 떨어진 그의 처마에 있는 -
제비집이 부럽다 -
그의 창에 붙어 있는 살찐 파리도 -
그의 창문 밖에서 -

여름 휴가를 즐기고 있는
행복하고 또 행복한 나뭇잎도 부럽다 -
피사로*의 귀걸이는
내 몫이 될 수 없을 것이다 -

그를 깨우는 – 햇살이 부럽다 –
그에게 정오를 알리는
대담한 종소리도 부럽다 –
나는 그에게 정오를 가져다줄 수 있는데 –

하지만 영원한 밤 속 정오에 –
나와 가브리엘°이 떨어지지 않으려면 –
나의 꽃은 피어서도 안 되고 –
나의 벌은 날아서도 안 된다 –

이 세상은 끝이 아니다.

죽은 후에도 한 종족은 살아남는다 -

음악처럼, 보이지 않아도 -

소리처럼, 확실하게 존재한다 -

그 종족은 매혹적이지만 - 분명치 않아 -

철학도 그 정체를 밝히지 못한다 -

끝까지 수수께끼이고 -

도무지 알 수가 없다 -

그 종족을 추측하다 학자들은 당황하고 -

그 종족이 되기 위해, 인간은

알려진 대로, 여러 세대에 걸친 경멸과

십자가를 견뎌야 한다 -

신앙은 실언하고 - 웃고 집회를 열고 -

얼굴 붉히는 모습을 보이고 -

사소한 증거에 집착하며 -

풍향계에게 길을 묻는다 -

설교의 몸짓들 -

크게 울려 퍼지는 할렐루야 -

마취제로는 영혼을 갉아먹는 이빨을

진정시킬 수 없다.

죽음은 아니었다. 죽은 사람들은,
모두 누워 있는데, 나는 서 있었다 -
밤은 아니었다. 종들이 모조리
혀를 내밀고 정오를 알리고 있었다.

서리도 아니었다. 내 피부에
시로코 열풍이 - 감기는 - 느낌이었으니까 -
불도 아니었다 - 내 대리석 발로 디뎌도
성단소(聖壇所)는 여전히 차가웠으니까 -

그런데도 그 모든 것 같기도 해,
매장을 위해 나란히 누워 있는
사람들의 모습에,
나 자신의 매장이 떠올랐다 -

마치 내 몸을 관에,
꼭 맞게 깎은 것처럼,
열쇠로 열지 않으면 숨을 쉴 수 없었고,
어느 날 한밤중 같았다, 한밤중 -

째깍거리던 소리가 모두 – 멎고 –
공간이 – 사방에서 – 응시하는 한밤중 –
아니면 음산한 첫서리가 – 가을 아침에,
대지를 덮는 것 같았다 –

하지만 무엇보다 혼돈 같았고 – 끝없이 – 차가웠다 –
행운도, 돛대도 –
육지가 보인다는 보고도 없어서 –
절망하는 게 – 당연했다.

그대가 가을에 온다면,
반쯤은 웃고 반쯤은 비웃으며 주부가
파리를 쓸어 내 버리듯이,
여름을 쓸어 내 버릴래요.

1년이 흘러야 그대를 볼 수 있다면
한 달 한 달을 공처럼 뭉쳐 –
순서가 섞이지 않도록,
서랍마다 하나씩 넣어 둘래요 –

수 세기가 지나야 그대를 볼 수 있다면,
그날을 손꼽아 기다리다가,
지쳐서 내 손가락이
반디멘스랜드°에 떨어지겠죠.

이번 생이 끝날 때, 분명히 –
그대도 나도 사라져야 한다면
이번 생을 과일 껍질처럼 버리고,
영원을 맛볼래요 –

하지만 지금은 시간이 얼마나 날갯짓을
더 해야 그대가 올지 전혀 몰라,
쏘지 않고 윙윙대는 기다림이 –
악마 벌처럼 날 괴롭혀요.

영혼이 붕대로 감긴 순간들이 있다 –
두려움에 차 꼼짝도 못 하는 영혼 앞에 –
유령 같은 공포가 나타나
멈춰 서서 바라보는 느낌이다 –

공포는 인사를 한 후 – 긴 손가락으로 –
얼어붙은 머리카락을 어루만지고 –
유령처럼, 연인이 – 머물렀던
바로 그 입술을 빤다 –
그렇게 – 아름다운 – 사랑 다음에
이런 비열한 생각이 끼어들다니 적절치 않다 –

영혼이 도피하는 순간들이 있다 –
모든 문을 벌컥 열고 –
폭발적으로 춤을 추며 밖으로 나가,
시간의 그네를 타고,

장미 속에 오래 갇혀 있다가 –
환희에 차 날아가는 – 벌처럼 –
자유를 살짝 건드린 후 – 그 이상은 모르지만,

정오와 천국 –

영혼이 다시 붙잡혀 오는 순간들이 있다 –
털 난 발에 족쇄가 채워지고,
노래는 꺾쇠에 묶인 채,
범죄자로 끌려올 때,

공포가 다시 그녀를 환영하는데,
떠들썩한 환영은 아니다 –

나는 개와 함께 – 일찍 – 출발해 –
바다를 방문했다 –
바닷속 인어들이
나를 보러 나왔다 –

그러자 – 바다 위 군함에서
밧줄 든 손이 불쑥 나왔다 –
나를 땅이나 – 모래 위 –
쥐라고 생각한 것 같았다 –

그러나 파도가 – 내 소박한 신발과
앞치마와 – 허리띠와 –
윗도리를 – 적실 때까지
누가 무슨 말을 해도 가만히 있었다 –

그 후 이슬이 민들레의 소맷자락을 –
흠뻑 적시듯이
파도가 나를 삼키려고 했다 –
그러자 – 나도 – 출발했다 –

바다가 – 내 뒤를 바싹 – 뒤쫓아 왔다 –
은으로 장식한 바다의 뒷굽이
내 발목에 닿는 걸 느꼈다 –
이제 내 신발은 진주로 뒤덮일 것이다 –

우리가 안전한 항구에 도착할 때까지 –
모른 척하던 –
바다는 – 나를 – 강렬하게 바라보다 –
정중하게 인사를 하고 – 물러났다 –

백지 투표의 권한도 나의 선택!
왕실 봉인도 나의 선택!
창살 너머 보이는 주홍 글자의 감옥˙도 –
나의 선택!

여기 비전과 거부권도 나의 선택!
죽어서 무효가 되어도 나의 선택 –
자격을 주고, 승인해 주는 –
광란의 특권이여!
어느새 세월이 흘러가도 나의 선택!

불을 끌 수가 없다 -
가장 천천히 가는 밤에 -
저절로 붙은 불이
부채질 하지 않아도 계속 탄다 -

홍수를 접어 -
서랍 속에 넣어 둘 수는 없다 -
바람이 발견해 내 -
삼나무 마루에게 말해 버릴 테니까 -

우리는 꿈꾼다 – 꿈꾸는 건 좋은 일이다 –
만일 우리가 깨어 있다면 – 상처를 입을 것이다.
하지만 놀이를 하다가 – 죽으면,
우리는 장난으로 비명을 지른다 –

무슨 해가 있겠는가? 꿈 밖에서도 – 인간은 죽는다 –
그것은 – 피의 – 진실이다 –
하지만 우리가 – 연극에서 죽고 있다면 –
그것은 연극일 뿐 – 결코 죽는 것이 아니다 –

조심해야 한다 – 우리가 서로 부딪칠 때 –
둘 다 – 눈을 뜨고 –
환영이 – 잘못인 걸 깨달아서는 안 된다 –
으스스하게 급습한 죽음은

우리를 묘비로 인도한다 –
거기에는 나이와 – 이름만 적혀 있다 –
그리고 어쩌면 이집트 문장도 한 구절 적혀 있을 것이다 –
꿈꾸는 것이 – 더 현명한 일이다 –

536

마음은 – 처음에는 – 즐거움을 달라 하고,
그다음에는 – 고통을 면하게 해 달라 하고 –
그다음에는 – 고통을 덜어 줄
진통제를 조금만 달라 한다 –

그다음에는 – 잠들게 해 달라 하고 –
그다음에는 – 만일
신이 허락한다면
죽을 자유를 달라 한다 –

나는 손을 꽉 쥐고 –
세상에 맞섰다 –
다윗만큼 – 힘이 세지는 않았지만 –
나는 – 다윗보다 두 배는 대담했다 –

나는 조약돌로 조준했지만 – 나 말고는
아무도 쓰러지지 않았다 –
골리앗이 – 너무 거대해서였을까 –
아니면 내가 – 너무 작아서였을까?

틈을 메우기 위해
떨어져 나간 것을 넣어라 –
다른 것으로 틈을 메우면
틈이 더 벌어질 것이다 –
공기로는
심연을 봉합할 수 없다.

늘 그대를 사랑했다는
증거를 가져온 걸요
그대를 사랑할 때까지
제대로 – 산 적이 없다는 증거를 –

늘 그대를 사랑하리라는 증거를 가져온걸요 –
나는 그대에게
사랑은 생명이고,
생명은 영원하다고 주장해요 –

아직도 제 사랑을 의심하나요, 내 사랑 –
그렇다면 내가
보여 줄 건
십자가뿐이에요 –

나는 눈을 가늘게 뜨고
마주치는 모든 슬픔을 면밀하게 측정한다 –
내 슬픔에 비해 그 슬픔이 더 무거운지 –
더 가벼운지 궁금해 한다.

그 슬픔이 오래 묵은 슬픔인지 –
아니면 이제 막 시작된 슬픔인지 궁금하다 –
내 슬픔은 언제 시작되었는지 말할 수 없다 –
아주 오랫동안 고통스러웠다 –

사는 게 아픈 것인지 –
노력해야만 하는 것인지 궁금하다 –
둘 중 선택할 수 있다면 –
죽는 쪽을 – 선택하지는 않을 것이다 –

오랫동안 인내한 – 사람들 중 몇몇은
마침내 미소를 되찾기도 한다 –
기름이 얼마 남지 않아
곧 꺼질 등불을 닮은 미소를 짓는다 –

과거의 – 상처 위에 –
세월이 쌓이고 –
수천 년이 지나도 – 시간이 지난다고 해서
상처가 나을지 모르겠다 –

혹은 사랑과 대조되는 –
더 큰 고통을 깨달아 –
수 세기 동안 고통을 겪은 후에도
계속 고통스러울지 모르겠다 –

슬픈 사람은 – 많고 –
그 이유도 다양하다고 – 들었다 –
죽음은 – 한 번 – 단 한 번 다가와 –
영원히 눈을 감게 한다 –

결핍으로 생긴 슬픔이 – 냉대받아 생긴 슬픔이 –
절망이라고 부르는 슬픔이 있다 –
고향에 살면서 –
고향 사람들로부터 유배되는 슬픔도 있다 –

고통의 종류를 제대로
추측했는지 몰라도
갈보리 예수가 십자가에 못 박힌 땅을

지나치며
본 광경이 크게 위안이 되었다 –

다양한 종류의 – 십자가 –
그리고 십자가를 진 사람들을 보았는데 –
나처럼 – 십자가를 진 – 사람도 몇 명 있는 듯싶어
그 광경에 매료되었다 –

고통을 통해 볼 때 –
기쁨은 – 그림이 된다 –
얻을 수 없어
더 아름다워 보이는 그림 –

멀리서 보면 – 산은 –
호박색에 – 잠겨 있지만 –
다가가면 – 차츰 – 호박색이 사라진다 –
하늘은 – 바로 그런 것 –

내내 배가 고팠다 -
점심시간인 정오가 되었다 -
떨며 식탁으로 다가가 -
귀한 포도주를 따랐다 -

식탁 위 포도주는 배고파 집으로 가며
창문을 통해 보았던 그 포도주로
감히 - 바랄 수도 없던
풍성한 식탁이었다 -

수북이 쌓인 빵도 처음이었다 -
자연의 - 식당에서
종종 새와 나누어 먹던
빵 부스러기와는 아주 달랐다 -

풍성한 식탁이 고통스러웠다 - 너무 새로워 -
몸이 아프고 - 이상했다 -
산 덤불 속 - 야생 딸기가 -
길에 - 이식된 느낌이었다 -

나는 배고프지 않았다 - 그래서
배고픔은 - 창문 밖 사람이나
느끼는 것이고 -
들어오면 - 사라지는 것임을 - 알게 되었다 -

나는 그에게 나 자신을 주었고 –
그 대가로, 그를 받았다
경건한 일생의 계약이
이런 식으로 비준되었다 –

부자는 아마 실망했을 수도 있다 –
이 거대한 구매자의 생각보다
내가 더 보잘것없는 걸로 증명되고,
매일매일 – 내가 바치는 사랑이

기대에 못 미쳐서였다 –
하지만 상인은 물건을 살 때까지 –
향신료 섬에 – 멋진 보물이 있다는 –
우화를 믿는다 –

적어도 – 이것은 서로 – 위험 부담이 되지만 –
어떤 사람들에게는 – 서로 이익이 된다 –
매일 밤마다 – 달콤한 인생의 빚을 지고 –
매일 정오마다 – 파산자가 된다 –

내 심장에서 하나뿐인 동맥인 –
그대를 잘라 내고 –
그대를 떠나, 시작하면 –
곧 죽음의 날 –

수많은 파도가 일렁이는 –
발트해에서 – 그 파도들이 –
장난으로, 그대를 지워 버리면,
나도 – 멀리 밀려가
남아 있지 않아요 –
'내'가 곧 그대니까요 –

뿌리가 사라지면 – 나무가 사라지듯이 –
그대가 사라지면 – 그때 – 나도 사라져요 –
천국에서 영원이라는 큰 호주머니를 –
소매치기당하는 거죠 –

우울한 소녀이던 나는
그 외국 여인의 –
암울한 – 분위기의 아름다운 이야기를 처음 읽고 –
마법에 걸렸다고 생각했어요 –

한밤중에 정오가 됐는지 –
아니면 – 정오에 – 천국이 됐을 뿐인지
밝은 빛만 보고
알 수 없었어요 –

꿀벌은 – 나비처럼 되었고 –
나비는 – 백조처럼 –
다가와 – 뾰족한 풀을 걷어차고 갔어요 –
그리고 자연이 흥에 겨워

혼자 읊조리는
아주 하찮은 노래도 –
내게는 – 거인들의
대단한 오페라 연습으로 들렸어요 –

힘찬 박자에 맞춰 – 평범한 날이 전진했어요 –
그리고 가장 소박한 날도
갑자기 희년(禧年)처럼 장식을 하고
자신 있게 박자를 맞추었어요 –

이런 변화를 정의할 수 없었어요 –
영혼이 성스러워지는 것 같은
정신의 개종을 –
목격만 할 뿐 – 설명하지 못하는 것처럼요 –

그것은 신성한 광기였어요 –
다시 정상으로 돌아오는
위험을 경험하게 된다면 –
진짜 마법의 책에서 –

해독제를 찾을 수 있을 거예요 –
마법사들은 잠들어 있어요 –
하지만 마법에는 – 신성한
요소가 – 깃들어 있어요 –

온몸을 삼켜 버리는 –
너무나 끔찍한 고통 –
그 후 몽롱한 심연 –
기억은 그 주위를
맴돌다가 – 그 위를 – 건너가네 –
눈 뜬 사람은 떨어져 –
뼈가 산산조각 나지만 –
넋 나간 사람은 – 안전하게 지나가는 것처럼.

고향 떠난 지 몇 년이나 지난
지금 문 앞에 서서
낯선 얼굴을 보게 될까 봐
감히 집에 들어가지 못하는데

문은 똑바로 나를 바라보며
무슨 일로 여기 왔냐고 묻는다 –
"내가 남기고 온 인생이 아직도
 있는지 알아보려는데요?"

나는 온통 경외심에 차서 –
아직도 과거에 사로잡혀 있었다 –
1초가 바다처럼 굴러와서
귀에 부딪혔다 –

비실대며 웃은 것은
문이 무서워서였다
문 뒤에는 전에 본 적 없는
놀라운 일이 벌어지고 있을 것 같았다.

그 공포의 문이 벌컥 열리고
바닥에 내동댕이쳐지지 않도록 –
떨리는 손으로
문고리를 살짝 들었다 –

그러고는 문고리가 유리인 양
조심스럽게 손가락을 뗀 다음
귀를 막고, 도둑처럼
헐떡이며 그 집으로부터 도망쳤다 –

나처럼 조금만 먹는다면 -
각다귀라도 굶어 죽을 것이다 -
하지만 난 살아 있는 아이고 -
꼭 음식이 필요하며

그 필요는 발톱처럼 - 내게 붙어 있어서 -
거머리를 떼어 낼 수도
용을 - 밀어낼 - 수도 없는 것처럼 -
없앨 수가 없다 -

각다귀와 달리 - 내게 -
날아갈 특권이 있어
스스로 저녁거리를 찾아 나설 수 있으면 좋으련만 -
나보다 - 너무 강한 - 각다귀 -

아니면 각다귀와는 달리
유리창에 붙어 있다가
틈새로 빠져나가 -
다시는 - 시작하지 않으면 좋으련만 -

영원은 – 지금들로 – 구성되어 있다 –
지금과 다른 시간이 아니다 –
영원의 거처의 위도와 –
무한하다는 사실만 다를 뿐이다 –

현재 – 여기서 경험한 것에서 –
날짜를 제거해 – 현재들이 되게 하라 –
달들을 녹여 다음 달들이 되게 하라 –
해들을 – 증발시켜 다음 해들이 되게 하라 –

논쟁이나 – 중단이나 –
축제일이 없다면 –
우리의 한 해 한 해는
예수 탄생 원년과 다르지 않을 것이다 –

오랜 이별 끝에 – 드디어
만남의 시간이 – 왔다 –
신의 심판 앞에 섰다 –
최후이자 – 두 번째 심판

육체를 벗어난 연인들의 영혼이 만났다 –
눈길 속에 깃든 천국 –
천국 중의 천국 – 서로의 눈을
바라볼 수 있는 특권 –

두 사람 다 – 이번 생을 마쳤고 –
태어나기 전 아기처럼 차려입었다
이제 – 죽어서 – 영원히 –
서로를 바라보는 것만 다를 뿐 –

여태 이런 – 결혼식이 있었을까?
천국이 – 혼주(婚主)고 –
아기 천사와 천사가 –
하객으로 얌전히 앉아 있는 결혼식 –

내가 가질 수 없는 색이 – 최상의 색 –
아주 먼 나라 색을
시장에 가져가 보여 주면 –
곧 금화 1기니를 받을 것이다 –

섬세하고 – 불가해한 배색 –
클레오파트라에게 어울리는
휘황찬란하게 눈부신 색이 –
다시 하늘에 – 나타난다 –

그런 순간들이 찾아와
영혼을 지배하고
너무 미묘해 – 말로 표현할 수 없는
불만만 남기고 떠난다 –

풍경은 – 달아오른 표정을 짓고 있다 –
마치 전차처럼 – 밀어닥치는
가슴속 비밀을
억누르고 있는 것처럼 –

눈[雪]으로 – 장식해 달라고 –
여름은 애원한다 –
얇은 눈 망사로 감추어서,
다람쥐들이 – 모르도록.

이해할 수 없는 태도로 다람쥐들이 – 우리를 조롱하자 –
속아 온 무덤 속 우리는
오만하게 눈 감고 –
다른 쪽으로 – 고개를 돌린다 –

집 주위에 달이 있나 둘러보다
유리창에서 찾았다 –
여행자의 특권인 – 잠깐의 휴식을 위해 –
달이 거기 멈춘 것이었다.

처음 보는 것처럼 – 달을 바라보았다 –
도시 여성이라면
달이 – 머문 – 유리창을 들어 올려도
무례하지 않다고 생각하겠지만 –

처음 본 달은
나 같은 사람의 호기심을
채워 주지 못했다 – 달에게는 –
다리도 – 손도 – 몸도 – 없었으니까 –

그러니 기요틴으로 함부로
잘린 – 머리만 있는 달은 –
호박색으로 빛나며 당당하게 –
혼자 하늘에 떠 있었다 –

또는 달은 줄기 없는 꽃처럼 –

철학자를 묶어 둔 것보다
더 섬세한 중력의 지지를 받으며 –
요동치는 대기 중에 떠 있었다 –

달은 – 굶주림도 모르고 – 숙소도 필요 없고 –
몸단장만 해도 – 된다 –
직업이 없어도 되고
우리를 괴롭히는

삶이나 – 죽음이나 – 저승이나 – 무(無) 같은 –
자질구레한 수수께끼에 전혀 신경 쓰지 않는다 –
오히려 하늘에서 – 빛나며 –
절대적인 것에 푹 빠져 있다 –

아주 솜씨 좋게 달이
보이지 않는 곳으로 사라지면
달을 자세히 살펴볼 특권도 –
내게서 사라진다 –

다음에 – 나는 구름 속에 있는 달을 보았다 –
나 자신은 너무나 먼 지상에 있어
달이 가는 최상의 길이나 –
달의 특권인 – 푸른 하늘을 – 따라갈 수 없었다 –

작은 내 난로 속으로 그의 불길이 들어왔어요 –
살살 부채질하자
갑자기 빛나며, 집 전체가 붉게 물들었어요 –
그건 일출이었어요 – 그건 하늘이었어요 –

언젠가 저물어 버릴 –
여름이란 소송 사건의 배심 명부에 오른 게 아니었어요 –
밤이 온다는 소식이 없는 – 정오였어요 –
아니, 자연이여, 약속의 날이었어요 –

나는 당신과 함께 살 수 없어요 –
당신과 함께라면 멋진 인생일 텐데요 –
하지만 인생은 저 멀리 –
선반 위에 있는걸요

열쇠는 교회 관리인이 가지고 있어요 –
그는 도자기 같은 – 우리 삶을
컵처럼 –
쌓아 두었어요 –

주부가 내다 버린 –
오래된 – 아니, 깨진 도자기처럼요 –
주부야 금이 간 낡은 도자기보다 –
새 도자기를 더 좋아하겠죠 –

나는 – 당신과 함께 – 죽을 수 없을 거예요 –
당신이 눈을 감을 때까지
기다려야만 하니까요 –
당신도 – 나와 함께 죽을 수 없을 거예요 –

내가 온몸이 마비되는

죽음의 특권을 누리지 못하면서

당신 몸이 – 굳어 가는 것을 –

옆에 서서 볼 수 있겠어요?

나는 – 당신과 함께 – 부활할 수도 없을 거예요 –

당신 얼굴이

예수의 얼굴을 가릴 정도로 빛나 –

새로운 은총이

또렷이 빛날 거예요 – 하지만 향수에 젖은

내 눈에는 그게 낯설 거예요 –

당신이 신보다 더 가까운 곳에서

빛난다는 것만 알 수 있을 거예요 –

그들은 우리를 심판하겠죠 – 어떻게든 –

당신이야 – 천국을 위해 봉사했고 – 알다시피,

적어도 노력했죠

나는 그러지 못했어요 –

내 눈에는 온통 당신만 보여서 –

더 이상 천국처럼

훌륭하지만 추악한 곳을

볼 수 없었어요.

당신이 구원받지 못한다면, 나도 그럴 거예요 –
천국의 명부에서
내 이름이 아주 크게 불려
울려 퍼진다 해도 –

그리고 당신이 – 구원받는다면 –
그러면 저주받은 – 나는
당신이 없는 곳으로 갈 거예요 –
그런 나 자신이 – 내게는 지옥일 거예요 –

그래서 우리는 멀리 떨어진 채 만나야 해요 –
우리 사이에 문을 활짝 열어 놓고 –
그대는 거기 – 나는 – 여기 있어야 해요
바다가 있고 – 기도가 있겠죠 –
그 공허한 상태가 지속되고 –
절망이겠죠 –

그대는 – 내게 – 두 가지 유산을 남겼어요 –
사랑이라는 유산
이런 사랑을 받으면 하느님도
만족하실 거예요 –

그대는 내게 끝없는 고통이라는 유산도 남겼어요 –
영원과 시간 사이에 –
그대의 생각과 나 사이에 –
망망대해 같은 크나큰 고통 –

고통은 – 백지 같은 면이 있다 –
언제 시작되었는지
고통스럽지 않은 날이 있기는 했는지
기억할 수 없다 –

고통은 그 자체만 있을 뿐 – 미래가 없다 –
무한한 고통의 영토에는
새로운 – 고통의 – 시기가 다가옴을
깨닫던 과거가 있다.

나는 가능성 속에 산다 –
산문(散文)보다 더 아름다운 집에 –
창문도 더 여럿이고 –
문도 훨씬 더 멋진 – 집에 산다 –

삼나무처럼 –
들여다보이지 않는 방들과 –
하늘로 만든
영원한 맞배지붕 –

방문객은 – 가장 아름다운 분들 –
내가 할 일은 – 바로 이것 –
조그마한 손을 쫙 펴
천국을 모으는 것 –

사랑하는 이여, 강하다고
날 칭찬해 준 그 첫날 -
원하면 더 강해질 수 있다고 말해 준 그날 -
그 많던 날 중 - 그날 -

그날은 - 부채 모양 금장식으로
둘러싸인 보석처럼 - 빛났어요 -
어렴풋한 배경이던 - 하찮은 날이 -
이 세상에서 - 가장 중요한 날이 되었어요.

창조된 모든 사람 중에서

단 한 사람을 – 선택했다 –

영혼에서 감각이 – 떨어져 나가고 –

더 이상 속임수는 – 없다 –

현재의 모습과 – 과거의 모습이 –

분리되고 – 본질만 – 남는다 –

안개가 – 완전히 걷힐 때 –

고귀한 모습이 드러나고 –

이 세상의 짧은 육체의 드라마는 –

모래처럼 – 빠져나간다 –

사람들의 고귀한 얼굴이 드러나고

안개가 – 완전히 걷힐 때,

모든 육체의 목록에서 –

내가 선택한 – 이 티끌을 보라!

산 위에 활짝 핀 꽃 – 이라고 하는
꽃다운 꽃 –
늘 같은 모습으로 – 피고 또 피는
절정의 노을 –

보라색 씨앗이 있다면
해 질 무렵이 아니라 –
환한 대낮에 –
이런 광경을 보여 주고 싶다 –

산에 – 와서 땅을 갈고
사라진 사람이 있다면 –
유명해질 수도 있고, 아니면,
목격자가 없으니 그냥 잊힐 수도 있으리라 –

내가 말하고 있는 동안 – 꽃잎들은 엄숙하게,
북쪽 멀리 – 동쪽 멀리,
남쪽 멀리 – 서쪽 멀리 – 퍼져 나가 –
최고의 – 휴식을 누린다 –

그리고 산은 저녁에
어울리는 표정을 짓는다 –
전혀 찡그리지 않고 –
자신의 경험을 보여 준다 –

'자연'은 우리가 보는 것이다 -
언덕 - 오후 -
다람쥐 - 절벽 - 꿀벌 -
아니 - 자연은 천국이다 -
자연은 우리가 듣는 것이다 -
쌀먹이새 - 바다 -
천둥 - 귀뚜라미 -
아니 - 자연은 조화다 -
자연은 우리가 알지만 -
말로 표현할 수 없는 것 -
우리의 지혜로는
자연의 소박함을 표현하지 못한다.

미래는 – 결코 말해 주는 법이 없었다 –
다가올 심오한 운명을
농아처럼 – 수화로 –
알려 주는 일도 없을 것이다 –

하지만 그 소식이 완전해질 때 –
행동으로 – 드러내고 –
도망치든지 – 대체품을 찾든지 –
대비하라고 한다 –

미래에 무관심하라 –
운명 같은 – 유산이다 –
그의 임무는 – 자신에게 – 전달된
운명의 – 선보대로 – 행하는 것뿐이다 –

향유를 – 짜죠 –
장미에서 나온 이 장미유는
태양 – 혼자 – 짠 건 아니에요 –
비틀어 짠 장인의 선물이죠 –

보통 장미는 – 시들지만 –
이 장미유는 – 숙녀가 계속
로즈메리*에 싸여 누워 있을 때도
숙녀의 서랍에서 여름을 만들어 내요 –

살아 있는 것은 - 힘이다 -
존재 - 자체가 -
더 유능해지지 않아도 -
충분히 - 전지전능하다 -

살아 있고 - 의지만 있으면 된다!
우리가 - 유한한 존재여도 -
창조주인 - 신만큼 -
유능하다!

"시간이 지나면 괜찮아진다"고들 한다.
시간이 지나도 전혀 괜찮아지지 않았다 –
나이가 들면, 온몸이 쑤시는 것처럼
실제로 고통이 더 심해진다 –

시간은 고난의 시금석이지 –
치료제가 아니다 –
그 말이 증명된다면, 또한
원래 병이 없었음을 증명한다 –

내가 죽음에게 들를 수가 없어 –
친절하게 그가 내게 들렀다 –
마차에는 우리 둘 –
그리고 불멸뿐.

우리는 천천히 달렸다 – 그는 전혀 서두르지 않았다.
그가 공손히 청하는 바람에
나는 하던 일과 여가까지,
제쳐 두고 떠났다 –

우리는 학교를 지났다 –
노는 시간이라 아이들이 – 옹기종기 모여 – 놀고 있었다 –
우리는 곡물들이 물끄러미 바라보는 들판을 지나쳤다 –
우리는 지는 해를 지나쳤나 –

아니 오히려 – 지는 해가 우리를 지나쳤다 –
차가운 이슬방울이 떨렸다 –
나는 얇은 드레스에 –
망사 – 목도리만 두르고 있었다 –

우리는 불룩한 둔덕처럼
보이는 집 앞에 멈췄다 –
지붕은 거의 보이지 않고 –
처마는 – 땅속에 – 묻혀 있었다 –

그로부터 – 수백 년이 흘렀다 – 그런데
처음 말의 머리가
영원을 향하고 있을 거라 추측한
그날 하루보다 더 짧은 시간이 흐른 것 같다 –

낮이 - 스스로 - 옷을 벗었어요 -
양말 대님은 - 황금색이고 -
페티코트는 보라색으로 - 소박했죠 -
낡은 줄무늬 옷이었고요.

정확하게 - 세상만큼 낡았어요 -
하지만 이제 막 -
하늘에 뜬 샛별도
낮만큼이나 - 주름져 있었어요 -

기도할 수 없을 정도로 - 신에게 다가갔다가 -
겁 없이 - 천국에 다가갔다가 -
서쪽 여인은
제멋대로 물러갔어요 -

그녀의 촛불은 그렇게 꺼져 버렸고
촛불이 돛대 꼭대기에서 - 보스포루스 해협에서
돔에서 - 창문에서 -
깜박이고 있었어요 -

내 뒤에는 - 영원이 지고 있고 -
내 앞에는 - 불멸이 있고 -
나는 - 그 사이에 있다 -
잿빛 동쪽 하늘을 떠돌던 죽음은,
새벽으로 녹아 버리고,
그다음에야 서쪽 하늘이 시작된다 -

그다음엔 - 왕국이 있다고들 - 한다 -
영원히 이어지는 완벽한 왕정 -
그곳 왕자는 - 인간의 아들이 아닌 분 -
바로 그분 - 영원한 왕조 -
바로 그분 - 똑같이 신성한 모습으로 -
다양하게 나타나는 그분 -

내 앞에 기적 - 그러고 나서 -
내 뒤에도 - 사이에도 - 기적 -
바다에는 초승달 -
기적의 북쪽은 자정 -
기적의 남쪽도 자정 -
하늘에는 - 폭풍우 -

변한다고요! 산이 변하겠죠 –

흔들린다고요!

자신의 완벽한 영광을

의심하게 되면 태양이 흔들리겠죠 –

지겹다고요! 수선화가

이슬에 흠뻑 –

젖어 버릴 때 – 그대여 –

그때 – 그대가 – 지겨워지겠죠 –

포기는 – 가슴을 찢는 미덕 –

현재가 아니라 –

미래를 위해 –

존재를 – 떠나보내는 것

일출 자체를 –

보지 않는 것 –

대낮 –

대낮의 위대한 선조가 –

지배하지 않도록

포기는 – 자신을 거슬러

선택하는 것 –

자신에게

정당화하는 것 –

더 큰 관점에서 보면 –

여기서 – 눈감아 버린 게 – 하찮아질 때 –

내 인생은 – 장전된 총으로 –
한쪽 구석에 서 있었다
그러던 어느 날 지나가다 –
나를 본 주인이 – 멀리 들고 갔다 –

지금 우리는 신성한 숲을 헤매고 –
지금 우리는 암사슴을 사냥하고 –
그를 대신해 내가 말하면 그때마다 –
산들은 즉시 응답한다 –

골짜기 위로 따스하게
햇살이 빛나면 나는 미소 짓는다 –
계곡은 환희가 용솟음치는
베수비오산 같은 표정을 짓느나 –

그리고 우리의 멋진 하루가 끝나고 – 밤이 되면 –
나는 주인의 머리맡에서 보초를 선다 –
그 일이 주인과 함께 –
푹신한 오리털 베개를 베는 것 – 보다 더 좋다 –

그의 적에게 – 나는 무적이다 –
내가 노란 총알을 겨누거나 –
방아쇠를 힘껏 당기면 –
적은 다시는 움직이지 못한다 –

내가 주인보다 – 오래 살겠지만
주인이 – 나보다 – 오래 살아야 한다 –
나는 죽일 능력만 있을 뿐,
죽을 능력이 – 없으니 –

하나 더하기 하나는 – 하나죠 –
둘이라는 것은 – 학교에서나 통하는 –
이제 쓸모없는 계산법이에요 –
소수를 제외하고는 –

삶 – 자체나 – 죽음이나 –
영원 중 하나를 택해야만 해요 –
그 이상은 – 영혼에게
지나치게 많은 선택지가 될 거예요 –

실컷 – 먹어 본 적 없는 사람은
고통을 모른다 –
실제로 곡식을 가져 봐야
굶주림을 알 수 있다 –

결핍은 – 그 반대를 겪어야 가능한
시시한 예술이다 –
부자인 적 없던 가난은 –
가난일 수 없다.

감히 외로움을 측정할 용기가 없다 -
외로움의 무덤 속으로 들어가
그 크기를 확인하느니
미루어 가늠해 보는 편이 나을 것이다 -

외로움의 최악의 경고는
자기를 보아선 안 된다는 것 -
유심히 보기만 해도
자기 앞에서 죽게 된다는 것 -

공포에 질려 살펴보지도 못하는 것 -
어둠에 둘러싸여 -
넋이 나간 채 -
갇혀 있는 것 ·

이게 - 외로움이 - 아닌지 두렵다 -
영혼의 창조자는
영혼의 동굴과 복도를
밝히기도 - 밀폐하기도 한다 -

사랑이 나타나지 않는다면 –
한 시간의 기다림도 – 긴 시간이다 –
결국 사랑이 찾아온다면 –
영원한 기다림도 – 짧은 시간이다 –

봄에는 빛이 존재한다
한 해 중 다른 계절에는
없는 빛이다 -
3월도 채 안 되어

호젓한 언덕이
봄의 색깔로 물든다
과학으로 측정할 수 없지만
인간이 느끼는 색.

빛은 잔디밭을 방문하고,
가장 멀리 떨어진 산등성이에 있는
가장 멀리 떨어진 나무를 보여 준다.
빛은 말을 걸다시피 한다.

그 뒤 지평선이 다가오거나
정오가 지나면
정식 작별 인사도 없이
빛은 사라지고 우리는 남는다 -

우리 마음속
상실감은 깊어 간다
성찬식에 갑작스레
거래가 끼어든 것처럼.

어떤 사람들에게 죽음의 일격은 삶의 일격이다.
죽을 때까지 그런 사람들은 삶을 누린 적이 없었기에 –
살았을 때 죽었던 사람이
죽자, 생명이 시작되었다.

3월이 채 시작되기 전 –
울새는
서둘러 – 긴급 소식 – 몇 가지 가져와
아침을 깨워요.

울새의 그
천사 같은 지저귐이
정오에 흘러넘쳐요 –
4월이 막 시작되네요 –

울새는
말없이 둥지를 빠져나와
그 집을 내놓아요 – 최고의
확신과 신성함이죠

그가 오기 전에는 무겁네, 가볍네 하며
시간의 무게를 달아 봤죠!
그가 떠나자, 대부분의 시간은
무게가 없어져 버렸네요.

무덤에서 경험하는
완결의 느낌이 있다 –
여유로운 미래 –
엄청난 야성.

죽음이 보여 준 대담한 진실 앞에
우리는 더 우리다워지고
앞날을 내다볼
영원한 능력을 갖게 된다.

종달새를 해부해 보라 – 음악을 – 발견하리라 –
은으로 감싼 성대가 하나씩 나오리라 –
악기가 낡아, 그대를 위해 아껴 두고
여름날 아침에도 거의 연주하지 않는다.

피가 흘러넘치게 하라 – 피가 한 번씩 뿜어 나올 때마다 –
특별히 그대를 위해 아껴 둔 음악을 알게 될 것이다 –
핏빛 실험이다! 의심 많은 토머스여!
그대는 아직도 새의 진실을 의심하는가?

나는 아주 천천히 조심스럽게
연이어 판자를 밟았는데
머리 위에 별들이 떠 있었고
발 주위에서 바다를 느꼈다.

확실치는 않지만 다음 판자가
마지막 판자일 것이다 -
그래서 위태롭게 한 걸음 내디뎠다
경험이라고도 불리는 한 걸음을.

시인들은 램프만 켜고 –
그들 자신은 – 꺼져 버린다 –
시인들이 붙인 불이 –
생명의 빛이 되어

태양처럼 남는다면 –
각 시대는 렌즈가 되어
그 빛을
사방으로 퍼뜨리리라 –

사랑이 끝나면 우리는 다른 물건들처럼, 사랑을
서랍 속에 보관한다 –
결국 조상의 옷처럼
사랑도 골동품이 된다 –

그대 가슴에 단,
꽃 속에 내가 숨어 있어요,
그대, 눈치채지 못하고, 나를 달아요 –
나머지는 천사만 알아요

그대 꽃병의 시들어 가는,
꽃 속에 내가 숨어 있어요,
그대 나 때문인지, 눈치채지 못하고 –
살짝 외로워하네요.

시간이 지나면 – 찬양하기도 – 경멸하기도 하지만 –
무덤을 열면 – 가장 제대로 된 모습이 보인다 –
죽음은 – 절정이기 때문에
모든 것을 재평가한다
그래서 과거에 못 본 것을
똑똑히 구별하고 –
예전에 보았던 것을
대부분 – 보지 않게 된다 –

그것은 복합적인 비전이다 –
빛은 – 빛을 낳고 –
유한은 – 무한을
부여받고 –
볼록 렌즈와 – 오목 렌즈를 통해 –
시간은 – 과거로 –
미래로 왔다 갔다 한다 –
그의 신을 향해 –

917

사랑은 - 태어나기 전 -
죽은 다음에 - 오는 것 -
창조의 순간,
숨결 속에 있던 것 -

사랑은 – 죽음보다 더 나중에 오고 –
생명보다 – 더 먼저 온다 –
사랑이 생기면 확인한다 – 그리고
저절로 – 사랑을 없애 버린다 –

먼저 – 죽음을 – 맛본 후
이어서 – 친구에게 – 죽음의 침을 건넨다 –
잠시 무장 해제시킨 후 –
그를 신에게 맡긴다 –

그리고 나서 부하인 문지기가 되어 – 서성인다 –
이렇게 사랑하며 보살펴
영원 중 단 한 번이라도 –
사소한 일이라도 부탁할 필요가 없도록 –

928

심장에는 좁은 둑이 있지만
바다처럼 움직인다
저음으로 힘차게 – 끊임없이
마침내 폭풍이 물을 가를 때까지

단조로운 파란 바다
그래서 요동치는 심장이
자신의 영역을
충분히 알게 될 때

고요는 처음 시도한
망사 벽일 뿐임을 배운다
밀면 곧 무너지고
의심하면 – 곧 해체되는 벽.

낮은 어둠 속으로 사라져 갈 때
흐려지며 더 아름다워진다 –
반쯤은 태양 색을 띠고 –
머무적대며 – 유혹하다가 – 사라져 버린다 –

죽어 가는 친구처럼, 얼굴이 달아올라 –
빛나는 보상을 줄 듯 말 듯하다가 –
완벽한 – 표정을 짓고 – 사라지며
어둠을 더 짙게 해 줄 뿐이다 –

947

조종이 울리는 이유를 묻자
"영혼이 천국으로 갔어요"라는
쓸쓸한 대답을 들어요 -
그렇다면 천국이 감옥인가요?

계속 종을 울려 모두에게
영혼이 천국으로 간 것을 알려야 해요.
그게 즐거운 소식을 알리는
더 적절한 방법 같은 걸요.

꿀벌이여! 난 당신을 기다리고 있어요!
어제는 당신의 지인에게
당신이 돌아올 때가 되었다고
말했어요 –

개구리는 지난주 집으로 돌아와 –
이제 자리를 잡고 일을 시작했어요 –
새들도 대부분 돌아왔어요 –
클로버는 도톰하고 포근해졌어요 –

17일이면 제 편지가
도착할 거예요. 답장을 주시거나
직접 오세요. 오시는 편이 더 좋고요 –
당신의 파리가.

나는 황야를 본 적도 –
바다를 본 적도 없지만 –
히스가 어떻게 생겼는지
파도가 무엇인지 안다.

나는 신과 말한 적도,
천국에 가 본 적도 없지만 –
마치 체스 판을 보는 것처럼
정확하게 천국의 위치를 안다 –

한결같이 세월이 흘러
하지가 끼어들 수 없는 시간대가 있다 –
그 시간대에는 태양이 영원한 정오를 만들고
완벽한 계절을 기다린다 –

그때는 여름이 여름 속으로 들어와, 마침내
수 세기에 걸친 6월이
수 세기에 걸친 8월이 멈춘다.
그리고 의식은 – 정오다.

꽃은 – 결과다 –
아주 정교한 도움을 거쳐
눈부시게 피어나
정오에게

나비처럼 바쳐지는데
그 세세한 정황을
슬쩍 보고는
알 길이 없다 –

봉오리를 감싸고 – 벌레를 물리치고 –
이슬을 적당히 흡수하고 –
열기를 조정하고 – 바람을 피하고 –
기웃거리는 벌을 피한 걸 알 길이 없다

꽃은 그날 대자연을 기다리며
실망시키지 않으려고 한다 –
꽃이 되는 것은, 심오한
책임이다 –

임이여, 심장 속에 부리를 담그고,
심장으로 노래했어요,
곡조가 너무 붉고
피가 뚝뚝 떨어지더라도

붉은 피를 용서해 주세요 –
진홍색을 견뎌 주세요 –
가장 불쌍한 새의
재산은 죽음이에요.

이 발라드를 계속 들어주세요 –
어색하고 – 떨리지만 –
죽음이 현을 비틀어서이지 –
제 잘못은 아니었어요 –

제가 공허하게 –
그대 이름을 반복하는 동안 –
잠시 성찬식을 멈추고
그대에게 바칠 합창을 기다리세요 –

1063

재는 불이 있었다는 표시다 –
거기 잠시 머물다
떠난 사람들을 위해
가장 진한 회색 잿더미를 숭배하라 –

불은 우선 빛 속에 존재하고
그 뒤 굳어 버려
어떤 숯이 되는지는
화학자만이 밝힐 수 있다.

1068

새들도 떠나 버린 늦여름
작은 나라 귀뚜라미들이
불쌍하게 풀잎 속에
숨어 미사를 드리네.

성찬식은 없네
아주 천천히 기도를 올리는데
미사는 구슬퍼지고
외로움은 더 깊어지네.

8월 햇살이 잠잠해지자
정오에 느끼는 태초
보이지 않는 곳에서 평온을 상징하는
찬송가 소리가 들리네

아직 기도는 끝나지 않았고
여전히 햇살이 빛나지만
이제 이 미사로 달라져
자연이 더 고결하네

혼인 증서 없는 아내!
신성한 지위를 – 지닌 나!
내게 부여된 가혹한 지위 –
갈보리 여황제!
왕관 없는 – 왕족!
여성에게 신이 주신
황홀함을 맛보지 못한 신부 –
다른 사람들이 석류석 반지나 –
금반지를 교환할 때 –
나는 하루 안에 –
삼중의 승리
태어나고 – 신부가 되고 – 수의를 입는다 –
"남편이시여" – 여자들은
노래 부르듯이 말한다 –
그렇게 – 말해야 하는 걸까?

나는 육체를 가진 게 두렵다 –
나는 영혼을 가진 게 두렵다 –
심오하고 – 위태로운 재산 –
선택의 여지 없는 재산 –

순진한 상속자에게
멋대로 상속된 – 두 가지 유산 –
불멸의 순간에는 공작이 되고
경계선 앞에서는 신이 된다.

1093

그것이 내가 소유할 수 있는 부(富)라서
그 돈을 벌어 왔다 – 나로서는,
소유한 달러의 액수만 알 뿐 –
가난하다고 느낀다

구두쇠의 귀에는
가질 수 없는 백작 작위나,
황당한 수입보다,
자신의 돈이 – 더 달콤하게 짤랑거린다 –

커다란 희망이 무너졌다
아무 소리도 들리지 않았다
내면이 붕괴되었다
오, 아무 이야기도 해 주지 않고
어떤 목격자도 들여보내지 않는 교활한 파멸

정신은 어마어마한 무게도
예정된 공포도 견딜 수 있게 만들어졌다
얼마나 자주 바다에 침몰한 배가
육지에 오른 것처럼, 보이는가

상처를 부인하자
상처는 점점 더 커져
결국 내 인생을 모두 삼켜 버렸다
그리고 그 옆에 관이 있었다

마침내 친절한 목수가
태양을 향해 있던
소박한 관 뚜껑을 닫고
영원히 열 수 없게 못질해 버렸다 –

1125

오, 호사스러운 순간이여
더 오래 즐길 수 있게
천천히 가렴 –
이제 마음껏 먹었으니
굶는 게 예전 같지 않을 거야 –

예전이나 지금이나 굶주렸지만 –
완전히 달라진 날을 맛보자
차라리 그에게 아침 하늘 아래 –
교수형에 처하게 해 달라고 부탁하자 –

진실을 전부 말하되 간접적으로 말해 주세요 –
진실은 돌려서 말해야만 전달될 수 있어요
너무 충격적인 진실은 너무 눈부셔서
나약한 우리가 기쁘게 받아들일 수 없어요

친절하게 번개를 설명해 주면
아이들이 덜 놀라듯이
눈부신 진실도 조금씩 드러나야 해요
그렇지 않으면 우리 모두 장님이 될 거예요 –

버팀목은 집이 완성될 때까지

집을 받쳐 주고

그 뒤 철거되면

집은 혼자

제대로 우뚝 서서,

예언자와 목수를

기억하지 않는다 –

바로 그런 기억 속에

삶의 완성이 담겨 있다고 해도 –

판자와 못의 과거와

서서히 이루어진 작업 – 그 후 비계를 철거하고

영혼을 부여한 것을 기억하지 않는다.

어떤 사람들은
단어가 말해진 순간,
죽는다고 해요.
나는 바로 그날
단어가 살아나기
시작한다고 말할래요.

1213

우리는 3월을 좋아한다.
보라색 구두를 신은 3월 -
처음 보는 키 큰 사람 -
개와 행상을 위해 언 길을 녹여 주고,
숲의 습기를 거두어 준다.
독사는 혀로 봄이 온 것을 알아채고
몸에 얼룩을 만든다 -
태양은 바싹 다가와 강한 햇살을 퍼붓고
우리의 마음도 뜨거워진다.

모두 다른 것들에 대한 소식뿐이다 -
영국 하늘 같은 3월 하늘에서
해적처럼 파랑새늘이 약탈할 내
죽을 용기가 있으면 좋으런만 -

1233

태양을 보지 않았다면
그늘 속에서 잘 살 수 있었겠지만
햇빛을 쐬자
야성적인 내가 더 야성적으로 변했다 –

1242

기억으로부터 도망갈
날개가 있다면
늘 꾸물대던 사람들도
대다수 날아갈 텐데

인간의 정신에서 떼 지어
도망치는 사람들을
바라보고
새들도 당황할 텐데

책은 어떤 군함보다
우리를 먼 나라로 데려가고
질주하는 시 한 페이지는 –
어떤 준마보다 빨리 달린다 –
가장 가난한 사람도
돈 걱정 없이 이 마차를 탈 수 있다 –
인간의 영혼을 태우는
마차 삯은 얼마나 싼지.

1341

이미 완전체에 - 어떻게 더할 수 있을까?
이미 '전부'인데 더 커질 수 있을까 -
끝까지 왔는데 더 갈 수 있을까?
오, 향유라는 하사금!

합법적인 과수원 열매보다
금단의 열매가 훨씬 더 달콤하다 –
손 대면 안 되는 꼬투리 속
완두콩은 얼마나 감미로운지 –

1398

내게 삶은 이것뿐 –
여기로 이끌려 오는 것일 뿐 –
더 이상 죽음은 없어요 – 단지
거기서 추방되지 않는다면 –

이 지역을 통과해 –
당신이란 영토에 머물 뿐 –
더 이상 얽매일 지상도 –
새로운 행동도 없어요 –

1430

결코 광란의 기쁨을
원치 않던 사람은 – *
금욕으로 포도주 만찬이
엉망이 되는 걸 몰라요 –

아직 다다르지 못했지만
완벽한 욕망이라는 목표가 눈앞에 있어요 –
더 이상 가까이 가지 마세요 –
욕망을 이룬 후 – 영혼이 산산조각 나면 안 되니까요 –

1434

장미의 집에 너무 가까이 다가가지 마세요 –
산들바람에 꽃잎이 떨어지거나
이슬이 넘치는 건
가까이 다가오지 말라는 경고예요 –

나비를 묶어 두려 하지 말고,
황홀의 절정에 도달하려 하지 말고,
불안 속에 있어야
기쁨이 확실해져요.

길에는 달과 별이 빛나고 있었다 –
나무들은 밝고 고요했다 –
나는 – 먼빛으로
언덕 위 여행자를 – 보았다 –
그는 비록 지상에 있지만
마법의 밧줄을 타고 수직으로 올라가고 있었다 –
그는 반짝이는 도착지가 어딘지 모르면서도 –
그 빛을 굳게 믿고 있었다.

1463

빙빙 돌며 다가와
순식간에 사라지네 -*
에메랄드 색이 퍼지고 -
진홍색이 쏟아지네 -
그러자 덤불 속 꽃들
모두 숙였던 고개를 드네 -
편안하게 아침을 타고, 아마,
튀니지에서 온 편지 -

미다스'의 손길은 우리 모두를
스쳐 간 후 한 사람만 만졌다
그는 마구 떠드는 꾀꼬리처럼
아무 말이나 지껄이는 탓아 –

그는 만취해 신성 모독을
퍼부으며 그 사실을 부인한다 –
그에게 현혹되어 우리는 그를
빛나는 금광으로 착각한다 –

변호사 – 사기꾼 –
쾌락주의자 – 도둑 –
가끔 오라토리오 –
주로 황홀경 –

과수원의 예수회 수사,
그는 온몸에 향유를 발라
역겨운 결함을
감추고 우리를 속인다 –

버마*의 광휘를 내뿜으며
유성처럼 몰려온 새들이
노래와 시의
축제를 벌이고 떠난다 –

나는 이아손*이 황금 양털을
찾아내지 못하리라고 생각했다.
그 당시 나는 평화만
원하던 시골 사람이었다 –

하지만 이아손 같은 사람이 있다면
내가 아는 전설에서처럼
잃어버린 멋진 황금 양털이
사과나무 위에 걸려 있는 것을 보리라 –

소년과 소녀 모두
황홀해하며 감옥에서 뛰어내린다 –
유일하게 감옥 밖으로 나오는
사랑스러운 오후

쿵쾅거리며 걷고 먹먹할 정도로 소리 지르는,
완벽한 축복에 싸인 악동들 –
아아 – 이런 아이들을 적으로 여겨
인상을 쓰며 잠복하고 있다니 –

어느새 슬픔이 사라지듯이
여름은 멀리 사라졌다 –
어느새 살짝 사라져
배신처럼 느껴지지 않았다 –
오래전 물든 노을이나
한적하게 혼자,
오후를 보낸 자연처럼
고요가 방울방울 떨어졌다 –
일찌감치 저녁이 되었고 –
낯선 아침이 빛났다 –
고집부리며 떠나는 손님처럼,
정중하지만 매몰찬 은총 –
우리의 여름은
이렇게 날지도 않고
배를 타지도 않고 가볍게
아름다움 속으로 도망쳐 버렸다.

바람이 나팔처럼 다가왔다 –
바람이 떨며 풀잎 사이를 스치자
후끈 달아오른 풀잎 위로
소름 끼치는 초록 한기가 스쳤다
에메랄드 유령이 들어오지 못하도록
우리는 문과 창문을 걸어 잠갔다 –
바로 그 순간
헐떡이는 기묘한 나무들 위로
운명의 전기(電氣) 모카신'이 지나갔다 –
그리고 울타리가 멀리 날아갔다
집들이 떠다니는 강은
살아 있는 것 같았다 – 그날 –
첨탑 속 종은
날개 단 소식을 퍼뜨렸다 –
얼마나 많은 것이 올 수 있고,
사라질 수 있는지,
하지만 세상은 남아 있구나!

1619

새벽이 언제 올지 몰라,
문을 모조리 연다,
새벽은 새처럼 깃털을 가졌을까,
혹은 해변처럼 파도가 칠까 –

술꾼은 코르크 마개를 볼 때마다

몽상에 빠진다 –

요즘 같은 1월 어느 날

파리를 보면

나도 자메이카의 추억에 취해

비틀댄다 –

기쁨을 아껴 마시는 사람은

봄을 즐길 자격이 없다 –

줄렙*은 술병 속에 일부만 있고

기쁨 속에 더 많다 –

술 감식가는

꿀벌의 충고를 구한다 –

1640

내게서 모든 걸 빼앗아 가도, 황홀만은 남겨 두세요,

그럼 이 세상 제일 부자가 될 거예요 –

더 부자인 사람들이 바로 내 문 앞에서

가난에 시달리는데,

이렇듯 부유하게 사는 게 내게 어울리지는 않지만 –

영광은 영원한 집일 뿐

빛 한 줄기 남기지 않는다 –

별표는 죽은 사람 차지,

별은 산 사람 차지 –

1657

우리가 매일 살고 있는
구식 집이 에덴이다
그 집에서 쫓겨날 때까지
우리 집이라고 철석같이 믿는다.

어슬렁거리며 문밖으로 걸어 나온 그날은
돌이켜 생각하니 너무 아름다운 날이었다 –
무심코 돌아왔는데,
집이 사라졌다.

명성은 곧 치울 접시에 담긴
잘 상하는 음식
손님에게 한 번만 내놓지
두 번은 내놓지 않을 음식.

남은 부스러기를 까마귀가 살펴보더니
비웃듯 깍깍거리며
그 음식을 지나쳐
농부의 음식 쪽으로 간다 –
사람들은 까마귀가 지나친 음식을 먹고 죽는다.

1679

만족이 쌓여서
기쁨만 못한
금욕적인 황홀경이 된다면
차라리 무미건조한 즐거움을 달라 –

하지만 내일 누군가 문을 두드리고
황홀함의 대가인
집세가 미납되었으니 내라고 하는 일은
벌어지지 않아야 한다 –

1695

우주의 고독이
바다의 고독이
죽음의 고독이 있지만, 이러한
고독들에 비해
더 심오한 공간이
영혼만의
극단적인 내밀한 공간이 있다 –
유한한 무한.

1704

실연으로 아픈 사람에게는
아무도 다가갈 수 없으며
똑같은 고통을 겪은 사람만이
다가갈 숭고한 특권을 갖는다.

구덩이 – 하지만 그 위는 천국 –
옆도 천국, 밖도 천국,
하지만 여전히 구덩이 –
그 위는 천국.

움직이면 미끄러질 것이다 –
쳐다보면 떨어질 것이다 –
꿈꾸면 – 가능성을 받치고 있는
지지대가 무너질 것이다.
아, 구덩이! 그 위는 천국!

그 깊이는 모두 내 생각일 뿐 –
감히 발에게 물을 용기도 없다 –
우리는 전혀 의심치 않고
꼿꼿하게 앉아 있다가 깜짝 놀랄 것이다
구덩이였다 – 끝없이 깊은 구덩이
동일한 순환이다.
씨앗 – 여름 – 무덤 –
누구에게 정해진 누구의 운명인가?

1731

사랑은 죽은 사람을 살리는 일 외에는
뭐든 할 수 있다.
그런 거인을 억누르고 산다면
같은 사람일지 의심스럽다.

하지만 사랑은 피곤하면 자야 하고
배고프면 먹어야 하기에,
빛나는 사랑이 사라질 때까지
마음껏 누리라고 부추긴다.

죽기 전에 내 인생은 두 번 끝났다 –
그런데도 불멸이 내 앞에
세 번째 사건을 펼쳐 보일지
두고 보아야겠다

두 번의 종말은
너무 엄청나고, 너무 절망적이었다.
천국에 대해 아는 것은 이별뿐이고
지옥에 대해 알아야 할 것도 이별뿐이다.

1741

인생은 다시 돌아오지 않아
그토록 달콤한 것.
믿지 않는 것을 믿는 건
맥 빠지는 일.

그런 믿음이라면
기껏해야 없애 버려야 할 재산 –
그것은 정반대인
불신을 부추길 뿐.

화산은 말이 없지만
계속 계획을 세운다 –
믿을 수 없는 인간에게는
자신의 분홍빛 계획을 털어놓지 않는다.

여호와가 해 준 이야기를
자연이 들려주지 않는다면,
그 이야기를 듣지 않은,
인간이 살아남을 수 있을까?

입을 꼭 다문 자연의 경고에
어떤 수다쟁이라도
반드시 지키는 비밀은
불멸이다.

클로버 한 포기와 꿀벌 한 마리가 있어야,
클로버 한 포기와 꿀벌 한 마리,
그리고 환상이 있어야 초원이죠.
꿀벌을 보기 힘들면,
환상만 있어도 초원이죠.

천국은 바로 옆방처럼
가까이 있다.
그 방에서 지복이나 운명을
기다리는 친구가 있다면 –

정말 용감해야
다가오는 발소리나
문 여는 소리를 –
견뎌 낼 수 있으리라 –

명성은 벌이다

   노래하고 -

침을 쏘고 -

   아, 날개도 가지고 있다.

1764

가장 슬픈 소리, 가장 달콤한 소리,
점점 더 커지는 광란의 소리, -
달콤한 봄밤 끝자락에,
새들이 내는 소리.

3월과 4월 사이 -
그 마법의 경계
여름은 아주 멀리서 머뭇거리고,
거의 천국 같은 시간이 다가온다.

이때면 우리와 함께 지상을 배회하는
모든 죽은 이들을 떠올리고,
이별의 마법에 걸려
더 지독하게 죽은 이들을 사랑하게 된다.

이 소리에 우리가 무엇을 소유하고 있는지,
무엇을 한탄하는지 생각하게 된다
매혹적인 노래를 하는 저 새들이
사라져 더 이상 노래하지 않길 바랄 정도다.

귀는 창처럼 재빨리
사람의 마음을 찌를 수 있어,
마음이 그렇게 위험하게
귀 곁에 있지 않길 바란다.

1765

우리가 사랑에 대해 아는 전부는,
사랑이 존재한다는 것뿐이다.
그것으로 충분하다. 그 열차의 짐은
철로가 견딜 수 있는 것이어야 한다.

1774

너무 행복한 시간은 흔적도 없이
사라져 버린다 –
고통은 날개가 없는 것인지
아니면 너무 무거워 날지 못하는 것인지 –

주

천사.

향유와 탈주의 시인

조애리(번역가)

디킨슨의 생애와 문학

에밀리 디킨슨은 월트 휘트먼과 더불어 미국 19세기의 대표적인 시인이다. 휘트먼이 19세기 미국의 공동체적 삶의 정신을 그렸다면, 디킨슨은 내면을 깊숙이 파헤친 시인이다. 1886년 디킨슨이 사망한 후 처음 90년 동안 그녀에 대한 대중적인 이미지는 수줍음이 심하고 하얀 옷을 입고 집을 떠나지 않는 괴팍한 여자였다. 그러나 친구와 가족은 디킨슨을 따뜻하고 재미있는 사람으로 기억하고 있었고, 1970년대 디킨슨 학자 리처드 B. 시웰의 전기와 페미니스트 비평가들의 재평가로 디킨슨에 대한 견해가 바뀌기 시작했다. 그 결과 디킨슨은 다른 사람들이 어떻게 생각하든 자신이 원하는 삶을 선택한 재능 있는 시인으로 재평가받고 있다. 선구적 페미니스트인 에이드리언 리치는 디킨슨이 괴팍하거나 이상한 것이 아니라 신중하게 사람들을 만나고 시간 낭비를 하지 않고 자신의 능력을 발휘하기 위해 은둔을 선택했다고 했다. 디킨슨은 병적인 수줍음의 소유자라기보다는 당당하고 주체적인 여성이며, 디킨슨의 시는 관습을 벗어난 독특한 리듬과 구두법을 사용하여 시대를 뛰어넘는 독창적인 사고를 표현하고 있다.

에밀리 디킨슨에게 지상의 하루하루는 새로운 기대와 기쁨으로 열렸다.

새벽이 언제 올지 몰라,
문을 모조리 연다,
새벽은 새처럼 깃털을 가졌을까,
혹은 해변처럼 파도가 칠까 – (1619)[1]

그녀는 히긴스를 만났을 때 "산다는 것에서 황홀경을 발견해요 – 살아 있다는 느낌만으로도 충분한 기쁨이죠"라고 말했다. 역자가 이 시집을 번역하게 된 첫 번째 의도는 에밀리 디킨슨의 작품 세계의 핵심이 지상의 기쁨이었음을 독자들에게 알리고 싶어서이다. 디킨슨은 고통과 상실의 시인이 아니라 기쁨과 향유의 시인이었고, 그녀의 선택은 초월이나 천국이 아니라 늘 지상이었다.

에밀리 엘리자베스 디킨슨(1830~1886)은 미국 매사추세츠

---

1 존슨 번호를 따름. Emily Dickinson, *The Poems of Emily Dickinson*, Ed. Thomas H. Johnson, Cambridge, Harvard up. 1955.

주 애머스트의 명문가에서 태어났다. 할아버지 새뮤얼 디킨슨은 애머스트 대학의 설립자 중 한 명이었고, 아버지 에드워드 디킨슨은 변호사로 매사추세츠 하원(1838~1839, 1873)과 매사추세츠 상원(1842~1843)을 역임했다. 어머니 에밀리 노크로스 디킨슨은 디킨슨에게 냉담한 편이었으며 1850년대 중반부터 1882년 사망할 때까지 병석에 누워 있었고 30여 년간 디킨슨이 간호했다. 그녀는 3남매 중 둘째로 오빠 윌리엄 오스틴 디킨슨(1829~1895)과 여동생 라비니아 노크로스 디킨슨(1833~1899)이 있었다.

에드워드 디킨슨은 자녀 교육에 열정적이어서 아들뿐 아니라 딸 에밀리와 라비니아를 1840년 애머스트 아카데미에 보내 이들은 이곳에서 7년간 교육을 받았다. 디킨슨은 매우 똑똑하고 모범적인 학생이라는 평가를 받았으며 본인도 아카데미 생활에 만족했다. 1847년 애머스트 아카데미를 졸업한 뒤 애머스트에서 10마일(약 16킬로미터) 정도 떨어진 마운트 홀리요크 여성 신학교(이후 마운트 홀리요크 칼리지가 됨)에 입학했으나 10개월 후 집으로 돌아와 쭉 집에 머물렀다.

1850년대에 디킨슨이 가장 친밀하게 지낸 친구는 후에 올케가 된 수전 길버트였다. 그녀와는 3백 통 이상의 편지를 주고받았는데, 최근에는 이 둘의 동성애에 대한 연구도 이루어지고 있다. 널리 알려진 이야기와는 반대로 디킨슨은 은둔만 한 것은 아니었다. 그녀는 당대의 명사들과 활발하게 교류했다. 1855년 필라델피아에서 당시 유명한 장로교 목사이던 찰스 워즈워스를 만났고 그 뒤 한 번밖에 더 만나지 못했지만 1882년 그가 사망할 때까지 편지를 통해 우정을 이어 나갔다. 1850년대 후반에는 디킨슨 가족과 친구가 된 『스프링필드 리퍼블리컨』의 소유주이자 편집장인 새뮤얼 볼스에게 30여 통의 편지와 50여 편의 시를 보냈으며 그 시 중 일부가 1858년 『스프링필드 리퍼블리컨』에 실렸다.

　에밀리 디킨슨의 문학에 큰 영향을 끼친 사람으로 당대 노예 폐지론자이자 유명한 비평가이던 토머스 웬트워스 히긴슨을 들 수 있다. 디킨슨이 그에게 먼저 편지를 보내 문학적인 조언을 구하면서 두 사람의 우정이 시작되었다. 1862년 『애틀랜틱 먼슬리』에 실린 글 「젊은 기고자에게 보내는 편지」를 읽고 디킨슨은 자신의 시 네 편을 동봉해 히긴슨에게 편지를 보냈다. 하지만 그는 디킨슨 시의 실험적인 구문과 각운을 교정할 필요가 있다고 지적하는 등 부정적 평가를 했고, 이후 디킨슨은 출판을 포기하고 자신을 '하찮은 사람'으로 규정한다. 그러나 1862~1863년은 디킨슨 시의 가장 창조적인 시기로 여겨진다. 그녀는 이 시기에 수많은 시를 썼을 뿐 아니라 문학적으로 탁월한 시를 썼다. 디킨슨은 히긴슨의 요청에 못 이겨 편지를 주고받은 지 8년 뒤인 1870년 애머스트에서 처음으로 그를 직접 만난다. 히긴슨은 "그녀는 백합 두 송이를 들고 와서 내 손에 쥐여 주며 '이 꽃이 제 소개입니다'"라고 했다고 전한다. 그는 디킨슨의 외모에 대해 깔끔하고 평범했으며 이야기를 나누는 데 너무 신경이 쓰여서 근처에 살지 않은 게 다행이라고 했다.

디킨슨의 삶에 큰 영향을 끼친 사람으로는 1872년경에 만난 매사추세츠주의 대법관 오티스 필립스 로드를 꼽을 수 있다. 1877년 로드의 아내가 죽고 나서, 디킨슨과의 우정은 아마도 로맨스가 되었을 것으로 비평가들은 추측하고 있다. 비록 그들이 주고받은 편지는 거의 대부분 불태워졌지만 남아 있는 편지 몇 장을 참조할 때 셰익스피어의 작품이 공통 관심사였음을 알 수 있다. 디킨슨은 로드 판사가 1884년 세상을 떠날 때까지 계속 편지를 교환했다.

1867년 초부터 디킨슨은 자발적 고립을 선택한다. 방문객을 직접 대면하지 않고 문을 사이에 두고 이야기를 나누었다. 하지만 그녀는 방문객에게 짧은 시나 꽃다발을 선물로 보냈고 메모와 편지를 통해 활발하게 교류했다. 1886년 그녀는 사망했고, 자기 집 서재에서 열린 디킨슨의 장례식은 간단하고 짧았다. 그녀는 애머스트에 있는 웨스트 묘지에 묻혔으며, "다시 소환되다"라는 묘비명대로 그녀의 시는 시대를 넘어 미국을 넘어 계속 소환되고 있다.

그녀가 죽은 후에 디킨슨의 여동생 라비니아가 1천8백여 편의 숨겨진 시를 발견하고 공개했다. 에밀리 디킨슨의 첫 번째 시집은 1890년 히긴슨과 오빠의 연인이던 메이블 루미스 토드에 의해 출판되었지만 심하게 편집된 내용이었다. 1955년에 비로소 토머스 H. 존슨이 시 전집을 출판해 독자들은 그녀의 시 전체를 접할 수 있게 되었다. 현재 이 번역본에서 제목을 대신해 붙인 숫자는 존슨이 붙인 숫자를 따르고 있다. 최근에도 디킨슨의 생애가 계속 영화화되고 있는 것은 영미권에서 그녀의 대중적 인기가 어떤지를 보여 준다. 영국 감독 테런스 데이비스의 「조용한 열정」이 2016년에, 미국 감독 매들린 올넥의 「에밀리와 거친 밤」이 2018년에, 알레나 스미스 감독의 「디킨슨」이 2019~2021년에 애플TV에서 상영되었다.

중단의 미학과 향유의 시간[2]

연대기적 시간의 중단은 에밀리 디킨슨 시의 중요한 특징 중하나이다. 그러나 지금까지 디킨슨의 시간에 대한 논쟁의 핵심은 유한과 영원의 문제를 둘러싸고 이루어졌으며, 중단의 문제자체가 본격적으로 부각되지는 않았다. 디킨슨에게 연대기적시간의 중단은 영원의 옹호로 해석되거나, 아니면 유한도 영원도 아닌 임시적 정지로 해석되었다. 필립스(Carl Philips)는 연대기적 시간의 중단이 영원을 의미하는 것으로 간주하고, 포드(Thomas Ford)는 디킨슨이 궁극적으로 영원을 지향하는 것으로 해석한다. 반면 스펜서(Mark Spencer)는 디킨슨에게 시간의 중단은 영원이 아니라 임시적 정지를 뜻하는 것으로 분석한다. 하지만 아감벤(Giorgio Agamben)의 관점에서 보면 디킨슨의 시에 나타나는 시간의 중단은 영원이나 임시적 정지가 아

---

2 조애리, 『되기와 향유의 문학』(동인, 2021), 제6장. 부분적으로 수정했음.

닌 새로운 시간으로 해석될 수 있다.

그중에서도 아감벤은 우선 시간을 "공허한 동질적 시간의 연속"(Benjamin 395)으로 보는 연대기적 시간관에 반대한다. 그는 연대기적 시간과 대비되는 중단의 순간을 중시한다. 중단은 시점들의 연결인 연속적인 시간과 정면으로 배치되는 것으로 "끊어진 선이라는 공간적 모델"(Agamben 1993, 184)에 기초한 시간이다. 중단의 순간에 우리는 "연속적인 직선적 시간에 예속되는 데서 해방"(Agamben 1993, 104)된다. 이 시간은 순간적으로 포착하지 못하면 영원히 지나가 버리는 행복한 순간이자 가능성으로 가득 찬 카이로스다. "기회를 포착하여 순간적으로 삶이 충만해지는, 갑자기 불현듯 다가온 접점"(Agamben 1993, 101)이 중단이라고 할 수 있다.

연속적 시간의 지배를 받으며 삶을 끝없이 유예하는 연대기적 시간과 질적으로 다른 중단의 순간인 카이로스의 핵심에는 향유가 있다. 그것은 과거와 현재와 미래가 압축된 지속적인 시간으로 "매 순간 하나의 전체이자 완성태로 존재하며"(Agamben 1993, 104), "삶을 가득 채우는 직접적이고 돌발적인 일치의 시간"이고, 시간의 흐름이 중단된 채 "온전하게 자기 충족적인 삶의 경험으로 채워지는 해방의 순간"(이혜원 189)이다. 이 시간은 "인간의 근본적인 차원"이며 "낙원에서 아담의 일곱 시간"(Agamben 1993, 104)과 같은 지복을 경험하는 시간이다.

디킨슨에게 과거–현재–미래로 이어지는 연대기적 시간의

중단은 영원으로 가는 출발점이다. 디킨슨에게 중단은 파괴이지만 동시에 해방을 가져오는, 완벽한 향유가 가능해지는 순간이다. 여기서는 디킨슨의 시에 나타나는 중단에 주목하고 그것이 어떻게 향유의 시간으로 나타나는지 분석하고자 한다.

중단의 미학

디킨슨은 우선 연대기적 시간의 중단에 주목한다. 시계가 갑자기 멈춘 것은 단지 시계의 오작동을 뜻하는 것이 아니라 연대기적 시간의 중단을 의미하며, 그녀는 연속적인 시점의 흐름인 동질적인 시간이 다른 시간으로 대체되는 지점에 주목한다.

> 시계가 멈추었다 -
> 벽난로 위 시계만 빼고 -
> 가장 탁월한 제네바 장인도
> 이제 막 멈춘 -
> 시계추를 살릴 수 없다 - (287)

이 순간에 대해 이미선은 유한의 위협과 이를 벗어나려는 열망 사이의 곤경을 "멈추어 버린 시계" 이미지로 구체화했다고 분석한다(134). 그러나 이것은 곤경의 순간이 아니라 중단의 순간이라고 볼 수 있다. 이 중단은 시간이 연속적 흐름이라는 선형적 모델에서 "끊어진 선이라는 공간적 모델"(Agamben 1993, 184)로 옮겨 갔음을 뜻한다.

이러한 중단의 순간은 과거에서 미래로 이행하는 시점이 아니라 과거, 현재, 미래가 동시에 존재하는 압축된 시간이다.

한결같이 세월이 흘러
하지가 끼어들 수 없는 시간대가 있다 –
그 시간대에는 태양이 영원한 정오를 만들고
완벽한 계절을 기다린다 –

그때는 여름이 여름 속으로 들어와, 마침내
수 세기에 걸친 6월이
수 세기에 걸친 8월이 멈춘다.
그리고 의식은 – 정오다. (1056)

필립스는 이를 "영원으로 보이는 심연"(166)으로 분석함으로써 연대기적 시간의 중단이 곧 영원이 되는 것으로 해석한다. 그러나 이 시간은 질적으로 다른 시간, "태양은 영원한 정오"인 시간이다. 중단의 순간은 지속되는 여름이지만 이때의 지속은 영원이 아니다. 오히려 과거, 현재, 미래가 압축되어 있는 순간이다. 즉 디킨슨은 정오, 달, 계절, 해(years)의 구분이 무의미해지고 모든 시간의 단위가 한순간에 압축된 순간을 포착하고 있다.

중단이 극명하게 나타나는 것은 죽음이다. 디킨슨의 가장 대표적인 죽음 시 중 하나를 보면 그 체험이 상세하게 기술되어 있다.

그 후 이성의 판자가 부서졌고,

나는 아래로, 또 아래로 떨어졌다 –

떨어질 때마다 하나의 세상에 부딪쳤고,

그 뒤 – 아무것도 알 수 없었다 – 그러고 나서 – (280)

이 체험에 대해 주혁규는 이 시의 흐름을 따라가며 "화자는
관 속에서 의식이 남아 있는 상태에서, 묻히는 과정을 기술하
며, 의식의 한계점까지 체험을 기록하다가, 이성이 와해함을 경
험하며, 하강을 거듭하다가 또 다른 세계와 마주치게 된다"라고
상세하고 정확하게 설명한 후, "– 그러고 나서 –"에 대해 다른
세계가 펼쳐짐과 디킨슨 특유의 "줄표의 효과로 야기되는 미결
정성"(97)을 언급한다. 이는 타당한 지적이다. 그러나 그의 설
명은 미결정성에서 멈춘다. 하지만 아감벤의 중단이라는 개념
을 적용하면, 줄표는 단순한 미결정성을 뜻하는 것이 아니라 새
로운 시간이 펼쳐지는 계기다. 특히 연대기적 시간이 끊어진 중
단의 순간을 줄표로 표현함으로써 디킨슨은 단순한 미결정성
이 아니라 언어의 차원을 넘어선 새로운 차원이 펼쳐짐을 보여
준다. 아감벤에 따르면, 시에서만 가능한 행의 중단이나 행 걸
치기 기법으로 통사론적인 경계와 청각적 또는 운율적 경계가
충돌하고 "소리와 의미의 분열"(윤교찬 5)이 생긴다. "– 그러고
나서 –"를 사이에 두고 양쪽에 있는 줄표는 단순한 미결정성이
아니라 파괴 후 다시 시작하는 중단의 순간을 가리킨다. 다시
말해 "언어의 중단은 뜻의 흐름 속에서 언어를 끌어낸 후 언어

를 기호 자체로 보여 주는"(Agamben 2002, 317) 예라고 할 수 있다. 언어가 기호 자체가 되는 순간, 언어가 지시하는 의미는 무의미해지고 언어가 구축한 세계는 모두 부정된다. 여기서도 줄표로 인해 '이성'으로 설명되는 모든 세계가 파괴된다.

디킨슨의 시에서 가장 명확한 중단인 죽음은 파괴로 끝나지 않는다. 그것은 파괴인 동시에 구원이다. 이 시는 우선 생생한 파괴의 이미지로 시작한다.

바람이 나팔처럼 다가왔다 –
바람이 떨며 풀잎 사이를 스치자
후끈 달아오른 풀잎 위로
소름 끼치는 초록 한기가 스쳤다
에메랄드 유령이 들어오지 못하도록
우리는 문과 창문을 걸어 잠갔다 –
바로 그 순간
헐떡이는 기묘한 나무들 위로
운명의 전기(電氣) 모카신이 지나갔다 –
그리고 울타리가 멀리 날아갔다
집들이 떠다니는 강은
살아 있는 것 같았다 – 그날 –
첨탑 속 종은
날개 단 소식을 퍼뜨렸다 –
얼마나 많은 것이 올 수 있고,

사라질 수 있는지,

하지만 세상은 남아 있구나! (1593)

디킨슨은 바람을 나팔에 비유함으로써 청각적 인식과 함께 시각적 효과를 가져온다. 시각적으로 볼 때 나팔의 한쪽 끝은 좁고 점점 더 퍼지는 모양이어서 회오리바람의 위력이 더 생생해진다. 제1행에서 묘사된 임박한 바람은 잠재적인 위험의 조짐을 보여 주지만 마지막 행에 이르면 마을은 완전히 파괴된다. 울타리는 바람에 쓰러지고, 집들은 날아가 버린다. 이 시가 보여 준 파괴는 베냐민이 말한 파국에 가깝다. 베냐민은 "날개를 꼼짝달싹 못 할 정도로 세차게 천국에서 불어오는 폭풍우"로 인해 새로운 천사(Novus Angelus) 앞에 펼쳐진 파국을 "잔해 위에 또 잔해가 끊임없이 쌓이고 또 이 잔해를 우리들 발 앞에 내팽개치는 단 하나의 파국"(Benjamin 392)으로 묘사한다. 하지만 이때 파국은 파괴 자체로 끝나지 않는다. 그것은 창조를 위한 파괴이다. 마지막 행을 보면 폭풍이 지난 후에도 "세상은 남아 있구나!"라고 하는데 이때의 마을이 폭풍 이전의 마을과 같은 것일까? 이 마을은 과거의 마을과 같을 수 없다. 이때의 마을은 파괴를 통해 탈창조된 마을이다. 중단은 "현실태를 탈창조함으로써 목전에 있는 현실보다 더 강해진다"(Agamben, 2002, 318)는 아감벤의 말대로, 탈창조된 세계는 과거의 세계와는 전혀 다른 구원된 세계다. "구원이란 존재의 보상이 아니고 거기서 빠져나오는 길"(Agamben 1999, 153)이며 영원히 과거를

끝낼 때, 과거를 "간직하는 것이 아니라 오히려 맥락에서 분리"할 때 가능한 것이다. 이때 "정의의 힘인 파괴"를 통해 "기원에 있던 피조물의 상태로서 승화"하는 순간, 과거는 구원된다(Agamben 1999, 152). 마지막 행의 세계는 과거의 반복이 아니라 과거를 완전히 파괴한 후 기원으로 돌아간 세계이다. 기원과 종말이 하나가 되는 시간의 압축이 일어나는 시점에서 과거는 구원된다.

향유의 시간

연대기적 흐름 밖에 있는 중단의 순간은 구원의 시간이다. 이때 구원된 시간의 핵심은 향유다.

> 구덩이 – 하지만 그 위는 천국 –
> 옆도 천국, 밖도 천국,
> 천국이 위에 있는 – 구덩이.
>
> 움직이면 미끄러질 것이다 –
> 쳐다보면 떨어질 것이다 –
> 꿈꾸면 – 가능성을 받치고 있는
> 지지대가 무너질 것이다.
> 아, 구덩이! 그 위는 천국! (1712)

볼로스키(Shira Woloski)는 이 시의 정지 상태가 과거와 미래에서 떨어져 나온 파편으로 구체화되었으며 이 파편에서 과거 및 미래와 조화를 이루지 못하고 있음을 강조한다. 그는 구덩이와 맺고 있는 불안한 균형이 깨질까 봐 두려워하는 화자의 감정을 이 시의 핵심으로 간주한다(5~8). 볼로스키의 견해 중에서 이 정지 상태를 "시간으로부터 어긋난 파편"으로 본 점은 중요하다. 그러나 그의 해석은 지나치게 균형을 강조한다는 데 문제가 있다. 오히려 이 파편은 정적인 동시에 동적인 "영화의 한 컷"(Lachman 93) 같다는 라흐만의 주장이 더 실감 있게 다가온다. 여기서 우리가 주목해야 할 점은 구덩이에 빠진 디킨슨은 균형보다는 중단의 순간, 모든 것이 파괴되고 나락으로 떨어지는 것처럼 보이는 바로 그 순간에 향유의 시간이 펼쳐짐을 보여준다. 여기서 구덩이 "위는 천국"이다. 천국은 구체적으로 그려져 있지 않으나 무엇보다도 아담이 누린 원초적인 행복으로 충만한 시간을 가리킨다.

시간과 영원, 죽음의 문제로 가장 많이 언급되는 시로 "내가 죽음에게 들를 수가 없어 - "로 시작되는 시가 있다. 이 시는 여러 비평가에 의해 유한과 영원의 문제를 다룬 시로 분석되었다. 그러나 이 시에 나타난 중단에 주목할 때 유한과 영원의 이분법을 벗어나는 새로운 차원의 시간을 만날 수 있다. 죽음은 마치 데이트를 청하는 연인처럼 마차를 가지고 와서 화자를 태운다. 죽음 그리고 불멸과 함께 마차를 타고 가면서 화자는 다음 광경을 본다.

우리는 학교를 지났다 –
노는 시간이라 아이들이 – 옹기종기 모여 – 놀고 있었다 –
우리는 곡물들이 물끄러미 바라보는 들판을 지나쳤다 –
우리는 지는 해를 지나쳤다 –

아니 오히려 – 지는 해가 우리를 지나쳤다 –
차가운 이슬방울이 떨렸다 –
나는 얇은 드레스에 –
망사 – 목도리만 두르고 있었다 –

우리는 불룩한 둔덕처럼
보이는 집 앞에 멈췄다 –
지붕은 거의 보이지 않고 –
처마는 – 땅속에 – 묻혀 있었다 –

그로부터 – 수백 년이 흘렀다 – 그런데
처음 말의 머리가
영원을 향하고 있을 거라 추측한
그날 하루보다 더 짧은 시간이 흐른 것 같다 – (712)

기곤 비평은 이 시를 영원을 지향하거나 죽음을 동경하는 것
으로 해석한다. 쇼(Mary Neff Shaw)는 마차에 탄 다음 화자가
만나게 되는 "학교", "바라보는 들판", "지는 해"는 "인생의 3단

계"(20)를 뜻하며 마침내 화자는 죽음에 이르는 것으로 분석한다. 그러나 마차를 탄 후에 펼쳐지는 것은 연대기적 시간의 흐름이 아니라 오히려 전도된 세계다. 아이들의 놀이는 신성한 것을 전복시킨다. 아이들에게는 경제, 전쟁, 법 등이 장난감이 되어 버린다(아감벤 2010, 111~112). 또한 화자가 아니라 "곡물들이 우리를 물끄러미 바라보"는 사물의 관점에서 본 전도된 세계를 보여 준다. "우리는 지는 해를 지나쳤다 - //아니 오히려 - 지는 해가 우리를 지나쳤다 - " 역시 인간이 아니라 태양이 주체가 되는 전도된 세계를 보여 준다. 이러한 전도는 질서를 부정하며, 이는 영원이나 죽음의 부정으로 발전된다. '영원'이 언급된 마지막 연은 시간에 대한 논의에서 가장 주목받는 연이기도 하다. 스톡스(Kenneth Stocks)는 마지막 연의 시간이 양적으로 측정 불가능한 특이한 시간임을 지적한다(45). 이 시간이 연대기적 시간이 아님을 지적한 점에서 스톡스의 지적은 타당하다. 그는 마지막 연이 "결말을 암시하기는커녕, 시 전체가 화자의 새로운 상태가 단지 일시적인 상태임을 안다는 사실을 강하게 암시한다. 그 상태는 마차를 타고 가는 여행 중에 그저 잠시 멈춘 상태에 지나지 않는다"(95). 그가 중단을 지적한 점은 높이 살 만하다. 그러나 그가 본 중단은 연대기적 시간의 한 점으로서 언제든 다음 순간으로 옮아갈 수 있는 이행의 순간이다. 아감벤의 관점에서 보면 중단은 이행을 위한 멈춤이 아니고 그 자체로 완결된 향유의 시간을 여는 계기다. "향유의 시간은 직접적인 중단의 순간 속에 놓여 있고 이 순간에 인간은 자

신의 본래 상태가 죽음에서 부활한 자의 상태임을 돌연 깨닫는
다"(Agamben 1993, 101). 화자가 도달한 시간은 "공허한 동질
적 시간" 속으로 끼어든 카이로스의 시간이다. 즉 과거에서 미
래로 가는 이행이나 일시적인 정지가 아니라 이질적인 두 개의
시간 "카이로스와 크로노스"가 하나가 된 순간이다. 바로 이 순
간에 과거와 현재와 미래가 압축되며 "메시아가 들어올 수 있
는 작은 문"(Mills 105)이 열린다. 디킨슨은 "수백 년"이 흘렀는
데도 "그날 하루보다 짧게" 느낀다. 이것은 과거 – 현재 – 미래가
연속적으로 진행되는 연대기적 시간이 아니고 수백 년과 "그날
하루"가 압축된 카이로스다. 이처럼 압축된 카이로스는 그 핵심
에 향유가 있는 시간으로 "불연속이며 충만한 유한하고 완벽한
향유의 시간"(Agamben 1993, 104)이다. 천년 왕국을 기다리는
것이 아니라 지금 이 순간에 시간으로부터 자유로워져 향유를
누리는 것이다.

디킨슨은 이러한 메시아적 순간을 기적으로 묘사한다.

내 앞에 기적 – 그리고 나서 –
내 뒤에도 – 사이에도 – 기적 –
바다에는 초승달 –
기적의 북쪽은 자정 –
기적의 남쪽도 자정 –
하늘에는 – 폭풍우 – (721)

이 기적이 어떤 시간이나 어떤 공간에서 발생하는지는 확실치 않다. 그것은 공간적으로 뒤이기도 하고 사이이기도 하며, 시간의 좌표도 확실치 않다. 시간의 서쪽에도 자정이 있고, 이 시간의 남쪽에도 자정이 있다. 그것은 종말의 시간인 동시에 기원의 시간이다. 기적은 종말과 기원의 일치에서 일어나고, 이때 느끼는 행복감은 기원에서 가능했던 향유다. 이때 기적은 중단으로 메시아가 들어올 수 있는 작은 문이 열리고 향유의 시간이 펼쳐진 것이다.

이 향유의 시간은 언어로 설명할 수 없는 시간이다. 아감벤의 말대로 "인간의 말은 한정되어 있어 단어 속에는 말해지지 않은 것이 담겨 있다. (⋯) 말해진 모든 것은 무한한 해석이 가능한 말해지지 않은 것 안에 자리매김되어야 한다"(Agamben 1999, 56). "산 위에 활짝 핀 꽃 −"으로 시작되는 시는 자연의 현현을 묘사하는 가운데 언어의 한계를 넘어서려고 한다.

내가 말하고 있는 동안 − 꽃잎들은 엄숙하게,
북쪽 멀리 − 동쪽 멀리,
남쪽 멀리 − 서쪽 멀리 − 퍼져 나가 −
최고의 − 휴식을 누린다 −

그리고 산은 저녁에
어울리는 표정을 짓는다 −
전혀 찡그리지 않고 −

자신의 경험을 보여 준다 – (667)

디킨슨은 "말"한다는 화자의 노력과 노을이 만들어 놓은 어마어마하게 크고 아름다운 꽃을 대비시키면서 서술이 아주 보잘것없음을 지적한다(Kohler 78~79). 노을은 애도 쓰지 않고, 즉 "전혀 찡그리지 않고" 경험을 표현하고 여유롭게 꽃잎의 "엄숙한" 개화라는 절정에 다다른다(Kohler 80). 디킨슨이 묘사한 노을은 언어 너머의 차원에 있으므로 어떤 서술적인 시도도 무력해진다. 디킨슨은 노을의 이미지를 통해 언어 이전 혹은 너머의 세계에서만 가능한 향유를 포착한다. 디킨슨은 지는 해의 소멸이나 순환이 아니라 노을의 정지 상태, 즉 중단에 주목한다. 그것은 완전히 드러내지도 않고 완전히 감추지도 않는 것으로 보인다. 이 순간 시간은 기원으로 돌아가 그 당시 누리던 향유를 다시 느끼며 동시에 그를 지속시킨다.

아감벤의 중단과 향유의 관점에서 디킨슨의 시를 분석할 때 유한과 영원이라는 이원적 대립을 넘어서게 되며, 따라서 그동안 디킨슨의 시간에서 간과되었던 측면이 새롭게 드러날 수 있다. 중단에서 주목할 점은 중단이 파괴이지만 동시에 구원이라는 것이다. 시는 이러한 중단을 드러내기에 가장 적합한 매체이며, 디킨슨의 경우 줄표와 행 바꾸기로 효과적으로 중단을 표현하고 있다. 디킨슨은 시계추가 멈추는 연대기적 시간의 중단에서부터 시, 월, 해가 모두 무의미해지는 중단으로 인한 시간의 압축과 죽음으로 인한 중단까지 중단의 여러 측면을 다루고 있다. 특히 폭풍으로 인한 전면적인 중단은 베냐민이 말하는 새로운 천사 앞의 파국으로, 모든 것이 파괴되지만 파괴에 그치지 않고 새로운 시간이 열리는 틈이기도 하다. 집과 울타리가 날아가 버린 폐허 다음에도 세상은 남아 있고 메시아적 시간이 도래한다. 그것은 "연대기적 시간과 일치하지도 않고 그렇다고 그 위에 추가하는 것도 아니며, 순간을 포착하여 성취에 이르게 한다"(Agamben 2005, 71).

디킨슨의 시는 중단의 순간에, 즉 "연속적인 선적 시간의 노예가 아니고 시간으로부터 해방될 때"(Agamben 1993, 104) 무한히 계속되는 공허함 대신 완벽한 향유를 누릴 수 있음을 보여 준다. 이러한 향유의 시간을 디킨슨은 기적이라고 칭하며 죽음에서 그 작은 틈을 엿본다. 그에게 죽음은 나락으로 떨어지는 것이 아니라 중단으로 인해 메시아가 들어올 수 있는 작은 문이 생기고 인간이 기원의 상태로 돌아가 부활할 수 있는 계기다. 이 지점에서는 영원과 유한이 구분되지 않는다. 디킨슨은 중단의 순간을 포착해 노을처럼 언어 너머의 충만한 향유의 시간을 제시함으로써 유한이나 영원으로 범주화되지 않는 새로운 향유의 시간을 보여 준다.

에밀리 디킨슨과 탈주선[3]

대부분의 비평가들이 에밀리 디킨슨의 시에 나타난 부재와 상실과 포기에 초점을 맞추고 있다. 여성으로서 디킨슨의 심리에 관심을 두는 비평가의 경우에는 "자아 분열"(Kavaler -Adler 76)을 그녀의 시의 특징으로 본다. 그녀는 늘 "통합되지 않고 흡수되지 않는 대상에 사로잡혀 있는 느낌을 표현한다"(Kavaler -Adler 75)는 것이다. 그러나 들뢰즈의 관점에서 해석할 때 디킨슨의 시는 상실과 분열의 시가 아니라 탈주의 욕망으로 가득 찬 시다. 들뢰즈와 가타리에 의하면, 탈주하는 욕망은 "영토를 떠나는 운동"(Deleuze and Guattari 509)이다. 이때 영토는 국가, 계급, 제도뿐 아니라 개인 사이의 관계 및 느낌까지 포함하는 개념이다. 디킨슨의 시는 영토를 떠나고자 하는 다양한 시도로 보인다. 그녀는 영토에 단지 균열을 일으키기도 하고 탈주에 성공했으나 다시 영토로 돌아오기도 하지만, 마침내 탈주에 성공하여 새로운 배치를 창조한다.

들뢰즈와 가타리에 따르면, 세계와 인간의 상호 작용 속에는 세 종류의 선, 즉 몰(mole)적 선, 분자적 선, 탈주선이 존재한다. 첫째, 몰적 선은 "견고한 분할선"으로, "한 절편(節片)의 시작과 끝, 한 절편에서 다른 절편으로의 이행을 계산하고 예견하는 것처럼 보인다"(Deleuze and Guattari 195). 견고한 몰적 선으로

3 조애리, 『되기와 향유의 문학』(동인, 2021), 제3장. 부분적으로 수정했음.

둘러싸인 영토는 외관상 영원히 부서지지 않을 것처럼 보인다. 그러나 영토 속에는 견고한 몰적 선을 뚫고 나오려는 분자들의 유연한 흐름, 즉 두 번째 선인 분자적 선이 있다. 이 흐름은 미시적인 균열을 가져오며 탈영토화하려는 비밀스러운 선을 형성한다. 몰적 선에 "많은 발화와 대화, 물음과 답변, 끝없는 설명들, 수정들"이 있다면, 분자적 선에는 "해석을 요구하는 침묵들, 암시들, 함축들"이 있다"(Deleuze and Guattari 198).

마지막으로 탈주선이 있다. 그것은 단호하게 영토를 떠나는 진정한 단절인 "절대적인 탈영토화"를 뜻하며, "더 이상 절편을 허용하지 않고, 차라리 두 절편을 폭발하는 것 같다"(Deleuze and Guattari 376). 이때 한 집단이나 개인은 "탈주선을 따른다기보다 오히려 탈주선을 만들며 그 자체가 살아 있는 무기"(Deleuze and Guattari 204)가 된다. 그러나 탈주선이 항상 창조적인 생성에 성공하는 것은 아니다. 오히려 탈주 이후 다시 블랙홀에 빠져 재영토화되거나, 극단적인 퇴행을 보일 수도 있다.

여기서는 견고한 몰적 선과 유연한 분자적 선의 형성을 살펴본 후 탈주선에 초점을 맞추어 디킨슨의 시를 검토할 것이다. 이 탈주선은 때로는 실패하고 때로는 성공한다. 재영토화된 탈주선이 어떤 양상을 보이는지 분석한 후 마침내 탈주에 성공한 탈주선이 어떻게 개인뿐 아니라 세계를 새로운 배치로 창조하는지 살펴볼 것이다.

빛과 분자적 선

들뢰즈는 세 개의 선에 대해 말하면서 위계적이고 이항 대립인 부동의 질서를 몰적이라고 표현하는데, 디킨슨은 몰적 선을 빛으로 상징한다. 다음 시의 겨울빛은 처음부터 억압적으로 제시된다. 주어진 절편 안에서 할당된 몫의 삶을 살아가는 것은 "성당 음악처럼 무겁게" 느껴지고, 그 고통은 점점 심해질 뿐이다. 여기에는 탈주의 가능성이 거의 없다.

겨울 오후,
한 줄기 빛이 비스듬히 비쳐 –
성당 음악처럼 무겁게
짓누른다 –

천상의 고통을 주는 그 빛 –
상처는 안 보이지만,
그 의미가 머무는,
내면은 달라진다 –

그것을 가르쳐 줄 사람은 – 아무도 없다 –
그것은 봉인된 절망 –
대기 중에 다가오는
위압적인 고통이다 – (258)

빛이 무엇을 가리키는지 확실치 않고, 애매하다고도 할 수 있다. 그러나 여기서 우리가 주목하는 것은 빛이 주는 억압을 성당 음악과 연관시킨 점이다. 이때 성당 음악은 숭고함이나 위안이 아니라 억압과 연관되어 있다. 성당 음악은 성당, 나아가 종교의 환유가 된다. 이제 빛이라는 견고한 몰적 선은 종교를 포함한 제도와 동일시된다. 몰적 선으로 이루어진 위계질서는 화자의 정체성을 이 질서 안에 배치한다. "수목 체계는 의미와 주체화의 중심을 포함하고 있는 위계적 체계로, 조직적인 기억처럼 중앙 집중적인 자동 장치다. 이 모델에서는 더 상위 집단에서 정보를 받을 뿐이며 주체적 정서 역시 미리 정해진 통로를 통해서만 영향을 받는다"(Deleuze and Guattari 16). 화자는 중심에서 지정한 주체성을 "미리 정해진 통로"를 통해서만 받아들일 수 있다. 이러한 배치에 화자는 억압감을 느낀다. 화자는 "천상의 고통", "봉인된 절망", "위압적인 고통" 등 점점 더 강해지는 고통을 느끼지만 탈주의 가능성은 전혀 없다.

들뢰즈는 종교와 마찬가지로 결혼을 인간관계가 제도화된 견고한 절편의 대표적인 예로 본다. "결혼. 확고하게 결정되고 확고하게 계획된 영토의 전반적인 상호 작용. 미래만 있을 뿐 어떤 되기도 불가능하다. 이것은 인생의 첫 번째 선인 절편의 몰적 선, 혹은 견고한 선이다. 이것은 우리의 인생을 점령하고 스며 있고 늘 결국 지배하는 것처럼 보이므로 결코 죽은 선이 아니다"(Deleuze and Guattari 195). 디킨슨에게도 결혼은 견고한 절편이며 그 핵심에 교환과 계약이 있다.

나는 그에게 나 자신을 주었고 -

그 대가로, 그를 받았다

경건한 일생의 계약이

이런 식으로 비준되었다 - (580)

　나는 그에게 나를 주고 그 대가로 그를 받는다. 엄숙한 계약이
라고 하지만 여기서 강조점은 엄숙함이 아니라 "계약"이다. "계
약"을 통해 사랑이 완벽하게 견고한 절편 속에 배치되었음을 말
한다. "가부장적 이데올로기와 결합된 결혼이란 (…) 물화되고
소외된 관계인 것이다. 계약으로서의 결혼은 필연적으로 구속
과 소외로 귀결되고 있다"(권현주 17). 이때 물화된 관계를 들
뢰즈적 관점에서 해석하면 수목형의 위계질서에서 남성 지배/
여성 피지배라는 배치를 받아들이는 것을 뜻한다.

　그러나 일견 요지부동으로 보이는 견고한 절편에도 분자
적 선이 형성된다. 이 선은 "거대한 단절이 아니라 접시의 균
열처럼 미세한 균열이다. 그것늘은 훨씬 더 섬세하고 유연하
다"(Deleuze and Guattari 198). 그녀는 "미리 정해진 통로"를
거부하는데 그것은 처음에는 미세한 균열로 나타난다.

　여름의 절정에 그날이 다가왔고,

　완벽하게 내 차지였다 -

　그런 일은 부활의 - 순간,

　성인들에게나 일어날 일이라고 생각했다 -

태양은 여느 때처럼 밝게 빛났고,
꽃들은 낯익은 모습으로 피어 있었다.
마치 만물이 새로워지는
하지가 아직 오지 않은 것 같았다 - (322)

화자는 그들의 사랑을 성인의 부활에 비유하는데, 이 비유로
교회라는 견고한 절편에 균열이 일어난다. 교회에서 보면 "그런
날은 종교적으로 신성한 사람들, 즉 성인을 위해 준비되어 있지
만"(Dhiel 4), 화자는 "'마치 만물이 새로워지는 / 하지가 아직
오지 않은 것 같았다 - '라는 부정 조건문을 써서"(Dhiel 4) 이
런 전제를 부인하며 미세한 균열을 생성한다. 마지막 연에서 화
자는 "서로가 서로에게 인증받은 교회였고, (…) 이 - 번에는 -
교감을 허락받았다"고 하며 교회라는 말과 허락받았다는 말을
쓰지만, 이 둘의 관계에서는 교감이 핵심이어서 보수나 계약의
견고한 절편에 균열을 일으킨다. 그러나 "천국의 만찬에서 / 우
리가 너무 어색해 보이지 않도록"을 덧붙임으로써 여전히 기독
교의 틀을 완전히 빠져나오지 못하는 면모를 보여 준다.
　디킨슨은 자연 속에서 유동적인 분자적인 선을 보여 주는데,
이것 역시 빛으로 표현된다.

봄에는 빛이 존재한다
한 해 중 다른 계절에는
없는 빛이다 -

3월도 채 안 되어

호젓한 언덕이
봄의 색깔로 물든다
과학으로 측정할 수 없지만
인간이 느끼는 색.

빛은 잔디밭을 방문하고,
가장 멀리 떨어진 산등성이에 있는
가장 멀리 떨어진 나무를 보여 준다.
빛은 말을 걸다시피 한다. (812)

이때의 빛은 앞에서 살펴본 "겨울 오후 / 한 줄기 빛이 비스듬
히 비쳐 -"의 빛과 대조된다. 여기서는 과학이 목적 질서를 말
한다면, 빛은 견고한 절편에서 탈주하는 분자적 선이다. "유연
하지만 그렇다고 불안하지 않은 것이 아니라 오히려 더 불안
한 이 분자적 선은 (…) 모든 것을 다른 차원에서, 수목 체계가
아니라 리좀적 차원에서 작동시킨다"(Deleuze and Guattari
199). 이 빛은 불안한 에너지로 모든 것을 유동적으로 만든다.
잔디는 다른 잔디가 되고, 저 멀리 있는 나무는 부유하는 색채
와 빛으로 인해 다른 나무가 된다. 견고한 정체성에 균열이 생
기고 유동적인 분자적 선이 생겨난 것이다. "빛은 말을 걸다시
피 한다"는 것은 "위압적인 고통"을 겪는 정해진 절편 속에 갇힌

나의 정체성 역시 나무나 잔디처럼 유동적으로 움직일 수 있음을, 몰적 질서에 갇혀 있던 내면에 균열이 생김을 뜻한다. 그러나 이런 분자적 선은 순간적인 탈주에 지나지 않고 새로운 정체성을 부여하지는 않는다.

탈주선과 재영토화

분자적 선은 균열을 일으키는 데 그치고 견고한 질서 자체를 무너뜨리지 못하는 반면, 탈주선은 새로운 배치를 창조한다는 점에서 분자적 선과 다르다. 탈주선은 견고한 절편을 완전히 떠날 뿐 아니라 새로운 배치를 구성한다. 디킨슨은 기존의 틀을 완전히 벗어나는 탈주선을 다음과 같이 형상화한다.

> 하얗게 타오르는 영혼을 볼 용기가 있느냐?
> 그렇다면 대장간 안에 쭈그리고 앉아라 –
> 불꽃은 보통 빨갛지만 –
> 선명한 원석은,
> 불꽃보다 더 빛나게 타오르며
> 용광로에서 떨리며
> 무색이 되고 성유가 더해지지 않은
> 불꽃 빛을 띤다 (365)

이 빛에 대해 케이블러-아들러는 "'흰빛을 내는 영혼'이 되기 위해 육체를 벗어나고자 했던 여성이 인간으로서의 주체성을 잃고 해체된다"(76)고 해석한다. 그 이유는 충분한 애도를 거치지 못했기 때문이라고 한다. 그러나 케이블러-아들러의 해석과는 달리, 이 빛은 부정적인 의미에서 퇴행적 단계의 파편화된 자아를 뜻하는 것이 아니다. 이때 자아 해체는 오히려 새로운 정체성의 창조를 의미한다. 새로운 탈주선을 뜻하는 원석의 빛은 일반 불빛과 다른 빛이고 색깔이 없다. 이것은 이 빛이 이미 용광로 안에서 규정되는 몰적 선이 아니다. 특히 디킨슨은 "성유가 더해지지 않은"이라는 단어를 선택하고 있다. 그것은 이 빛이 종교적인 제도가 강요하는 정체성을 넘어섰음을 뜻한다. 이 빛은 앞 시의 "겨울 오후 / 비스듬히 비치는 빛"과는 달리 "불꽃보다 더 빛날 때까지" 타오른다. 또한 이 빛은 일반 불빛과는 완전히 다른 새로운 빛으로 용광로라는 견고한 절편을 전면 거부하는 탈주선이 된다.

그는 망치와 불꽃으로
안달하는 원석들을 정련한다 –
구원의 빛을 띠고
용광로를 떠날 때까지(365)

디킨슨은 탈주선의 전형으로 영혼의 탈주를 보여 준다. 영혼은 폭탄처럼 순간적으로 폭발해 견고한 절편을 완전히 파괴하고 탈주한다.

영혼이 도피하는 순간들이 있다 –
모든 문을 벌컥 열고 –
폭발적으로 춤을 추며 밖으로 나가,
시간의 그네를 타고,

장미 속에 오래 갇혀 있다가 –
환희에 차 날아가는 – 벌처럼 –
자유를 살짝 건드린 후 – 그 이상은 모르지만,
정오와 천국 – (512)

　영혼이 보이는 에너지에 대해 오맬리(Maria O'Malley)는 "파
괴적 에너지"(71)로 보는 반면, 와이즈버치(Robert Weisbuch)
는 "황홀경에 빠진 춤추는 폭탄"(123)으로 간주한다. 다음 연과
연결해서 생각할 때 와이즈버치의 관점이 더 타당해 보인다. 영
혼은 오랫동안 장미 속에 갇혀 있다가 빠져나와 "자유를 만지
는" 벌에 비유되며, 벌과 마찬가지로 영혼은 "정오와 천국"만을
안다. 정오와 천국은 기존의 견고한 절편과는 전혀 다르며, "환
희"와 "자유"로 특징지어지는 새로운 배치다. 그녀는 이 시에서
이미 바뀐 세계 속에 있다. 부정적 에너지로 찼다는 오맬리의
평가와는 달리 이 황홀경의 힘이 새로운 배치를 창조한다.
　그러나 이렇게 한 발 더 진전된 탈주 역시 실패로 끝나고 영혼
은 재영토화된다. 발에는 "족쇄"가 채워지고, 노래에는 "꺾쇠"
에 묶인 상태가 된다.

영혼이 다시 붙잡혀 오는 순간들이 있다 –
털 난 발에 족쇄가 채워지고,
노래는 꺾쇠에 묶인 채,
범죄자로 끌려올 때, (512)

그러나 앞의 시들과 비교할 때, 이 시의 탈주는 훨씬 더 강력하며 탈영토화 후 우리 앞에 펼쳐진 세계 역시 훨씬 더 새로운 창조적 배치이다.

탈주선과 내재성

이처럼 탈주선은 떠나온 영토로 돌아가 재영토화하는 모습을 보이기도 하지만, 디킨슨은 성공한 탈주선 역시 아름답게 재현한다. 거친 밤–되기를 보여 주는 다음 시는 성공적인 탈주선을 생생하게 묘사한다.

거친 밤이여 – 거친 밤이여!
나 그대와 함께 있다면
이 거친 밤에
사랑을 불태울 텐데!

항구에 있는 사람에게는 –
아무리 바람이 불어도 – 상관없다 –
나침판도 필요 없다 –

지도도 필요 없다!(249)

여기서 "거친 밤이 된 나"(Haferkamp 67)는 "사랑을 불태울" 것이며 견고한 절편에서 단호하게 탈주한다. 이 탈주선의 행로는 나침반이나 지도로 측정할 수 있는 것이 아니다. 이에 대해 주혁규는 "안전한 항구를 떠나, 나침반도 없이 지도에 나타나지 않은 곳으로의 욕망"(92)을 나타낸다고 한다. 그러나 그녀는 항구를 떠난다기보다 연인이라는 항구에 정박한 배로 비유되어 있고, 거친 밤과 같이 욕망으로 가득 차 있다고 보는 것이 더 정확할 것이다. 이때 주체는 고정된 정체성을 지닌 "나"가 아니다. 사건으로서의 "나"이며 이런 나는 그 자체로 "살아 있는 무기"(Deleuze and Guattari 204)다.

탈주선에 대한 가장 큰 오해 중 하나는 초월이라고 생각하는 것이다. "내재성과 초월의 구분이 들뢰즈 철학에서 가장 중요"(Parr 125-6)하며 들뢰즈의 탈주선은 초월을 단호하게 거부하는 내재성을 핵심으로 한다. 다음 시에서 화자는 견고한 위계 질서에서 완벽하게 탈주하여 내재성의 판에서 체험하는 삶의 환희와 역량을 보여 준다.

나는 커다란 진주 장식 잔으로 –
아무도 빚은 적 없는 술을 마시네 –
라인강의 포도주 통을 모두 모아도
이런 술은 빚을 수 없으리!

나는 – 공기에 취하고 –
이슬을 마구 들이켜네 –
끝없이 긴 여름날 내내 비틀거리며 –
녹아 버린 하늘 술집에서 나오네 –

술집 주인이 만취한 벌을
디기탈리스 꽃 밖으로 쫓아 버리고 –
나비가 – 술을 그만 마실 때도 –
나는 더 마시려고 하네!

성인들이 – 창가로 달려오고 –
천사들이 하얀 모자를 흔들며 달려와 –
비틀대다 태양에 기대고 있는
작은 주정꾼을 볼 때까지 – (214)

1연에서 탈주는 취한 상태로 표현되어 있다. 라인강의 포도주 통이 언급되어 언뜻 술에 취한 상태로 생각할 수 있지만 그의 술집은 "녹아 버린 하늘", 즉 여름 더위에 달궈져 녹아 버린 하늘이고 그가 마신 술은 "공기"와 "이슬"이다. 따라서 "그 술은 화자가 무한정 즐길 수 있게 많다"(Zapedowska 8). 이렇게 취한 화자는 "디기탈리스 꽃 밖으로 쫓겨나는 만취한 벌"이나 "꿈을 포기한 나비"와는 다르다. 그는 기쁨으로 가득 찬 자신의 현재 상태를 즐긴다. 이때 그가 머물러 있는 향유의 공간은 초월적인 천상이 아니라 지상에 뿌리를 둔 내재성의 판이다. 제이프도브스카는 이 시의 화자가 초월을 무시하는 점을 지적한다. "이 시의 마지막 이미지는 '작은 주정꾼'인데, 그는 초월이나 사회적인 의무는 행복하게 잊은 상태에서 '천사'와 '성인'을 무시하면서 계속 관능적 쾌락에 탐닉한다"(Zapedowska 8). 이런 쾌락의 내재성이야말로 들뢰즈의 탈주선의 핵심이며 내재성의 판에서 역량의 증가를 체험하는 점이 중요하다. 내재성의 판에서는 "다양한 공생 속에서 이질적인 것들이 효과적으로 기능하는데"(Deleuze and Guattari 251), 이 시에는 하늘, 이슬, 대기, 햇살이라는 다양한 요소들이 공생하고 있다.

디킨슨에게 지상은 초월을 준비하는 곳이 아니다. 나아가 디킨슨은 내재성이 초월보다 더 우월함을 보여 준다.

살아 있는 것은 – 힘이다 –

존재 – 자체가 –

더 유능해지지 않아도 –

충분히 – 전지전능하다 –

살아 있고 – 의지만 있으면 된다!

우리가 – 유한한 존재여도 –

창조주인 – 신만큼 –

유능하다! (677)

그녀는 "살아 있는 것"이 "전지전능"이라는 대담한 선언으로 시작한다. 그녀는 초월과는 전혀 무관하게 지금 존재하고 있는 내재성의 판이 전부이며 "전지전능"을 느낀다. 디킨슨은 내재성을 긍정할 뿐 아니라 나아가 신–무한/인간–유한의 구도를 전복시킨다. 우리는 "창조주인 – 신만큼 – /유능하다!" 그녀는 오히려 신의 차원이 유한하다고 지적하며, 내재성은 초월보다 우위에 있음을 강조한다.

주체는 눈송이–되기라는 탈주선을 보여 줌으로써 "위도와 경도 그리고 속도와 이것임"(Deleuze and Guattari 266)만으로 이루어진 내재성을 구체적으로 형상화한다. 처음 화자는 주체로서 대상으로서의 눈을 관찰하고 묘사한다.

춤추는 눈송이를
실내화를 신고 도시로 뛰어내리는 눈송이를 세다가,
그 반란자들을 표현하려고
연필을 집어 들었네.
눈송이는 점점 더 신이 나 춤을 추었고
내가 점잖은 척하길 포기하자,
한때 품위를 지키던 내 열 발가락이
지그를 추려고 늘어섰네! (36)

제이프도브스카는 화자의 관점이 중간에서 변화하여 "이성적인 설명 대신 춤의 매력적인 움직임에 빠진다"(5)고 지적한다. 그러나 들뢰즈적 관점에서 볼 때 화자는 단순히 눈송이에 매료되어 그것을 즐기는 것이 아니라, 견고한 정체성이 해체되고 화자 자신이 눈송이와 같은 속도와 같은 움직임을 갖게 된다. 그녀는 스스로 탈주선이 된다. 여기서 화자는 어떤 매개도 거치지 않고 "주어진 운동과 정지, 빠름과 느림과 관계하는 물질적 요소 총합(경도)과 주어진 잠재성의 힘이나 정도에서 발휘될 수 있는 강렬한 어펙트 총합에 의해 결정된다"(Deleuze and Guattari 260). 화자는 눈송이의 속도와 어펙트를 갖게 되며, 나와 눈은 말벌과 서양란의 관계와 같은 결연⁴을 보인다. 나와 눈의 결연은 화자뿐 아니라 눈송이 "둘 다의 탈영토화를 가능하게 한다"(Deleuze and Guattari 293). 나와 눈은 인간 주체와 사물 대상이 아니다. 같은 춤의 속도와 힘을 지니게 되어 나와 눈 모두 탈영토화된다. 이 탈주선은 나와 눈을 단순히 연결하는 것이 아니라, 오히려 나와 눈, 둘 다 식별 불가능한 "공통의 근방역"(Deleuze and Guattari 294)으로 간다. 자연과의 결연은 디킨슨의 힘과 기쁨의 내재성을 잘 보여 주는 두드러진 예다.

디킨슨의 시는 견고한 절편의 균열로 시작하여 탈주와 재영토화를 거쳐 마침내 성공적인 탈주에 이르는 과정을 보여 준다.

---

4 들뢰즈와 가타리는 결연을 다음과 같이 설명한다. "말벌과 서양란이 하나 되는 되기의 선, 혹은 블록은 둘 다를 탈영토화시킨다. 말벌의 경우에는 자신의 생식에서 해방되어 서양란의 생식 기관이 되고, 서양란 역시 자신의 생식에서 해방되어 말벌의 오르가슴 대상이 된다(Deleuze and Guattari 293)."

디킨슨은 우선 종교와 결혼이라는 견고한 절편의 억압을 형상화하고 있다. 종교의 억압성은 "겨울 오후의 빛"으로 상징되고, 결혼은 "대가"가 핵심을 이루는 "계약"으로 제시된다. 그러나 일견 영원해 보이는 이런 제도들이 늘 견고할 수는 없다. 견고한 절편에는 유동적인 미시 - 균열이 생긴다. 이런 분자적 선은 견고한 위계질서를 완전히 벗어난 것은 아니지만 균열을 일으켜 해체하려는 시도를 보여 주고 있다.

디킨슨의 탈주선은 견고한 절편을 벗어나 역량이 증강된 에너지로 나타난다. 그동안 갇혀 있던 영혼은 견고한 절편의 배치를 완전히 벗어나 탈주하는 탈영토화를 보여 준다. 그러나 이런 탈주선이 항상 성공하는 것은 아니다. 폭발적인 에너지로 창조적 파괴와 더 강해진 역량을 보여 주었던 영혼이 재영토화되기도 한다. 탈주선은 블랙홀로 추락해 퇴행함으로써 오히려 기존의 제도와 구속을 더 강력하게 만든다. 그러나 마침내 탈주선이 성공하면 종교와 결혼 같은 제도를 파괴하는 데 그치지 않고 새로운 배치를 창조한다. 이것은 다양한 요소가 존재하는 고른 내재성의 판이다. 여기서는 인간의 사물 - 되기와 사물의 인간 - 되기의 결연이 생성되고, 이때 느끼는 전능은 내재성이 초월보다 우월함을 드러낸다.

참고 문헌

권현주, 「에밀리 디킨슨 시의 현대성-자본주의의 상업화와 가부장적 이데올로기에 대한 저항과 승리」, 『인문과학연구』 24 (2010): 5-29.

아감벤, 조르조, 『세속화 예찬』. 김상운 역. 서울: 난장, 2010.

윤교찬·강문순, 「아감벤의 '목적 없는 수단'과 벤야민의 이미지로서의 역사 철학 그리고 드보르 영화의 몽타주 기법」. 『영어영문학 21』 27 (2014): 25-44.

이광운, 「프로스트의 초기 시와 소통의 시학」. 『신영어영문학』 52 (2012): 153-70.

이미선, 「에밀리 디킨슨 시의 역설」. 『현대영미어문학』 21(2003): 17-36.

이혜원, 「김수영 시의 동시대성과 중단의 미학」. 『현대문학의 연구』 53 (2014): 137-71.

조애리·유정화, 「들뢰즈의 소수자-되기와 문학」. 『현상과 인식』 40 (2016): 251-71.

주혁규, 「타자성의 지형학 그려 내기, 디킨슨의 시 쓰기」. 『새한영어영문학』 55 (2013): 83-102.

Agamben, Giorgio, "Difference and Repetition: On Guy Debord's Films." *Guy Debord and the Situationist International, Texts and Documents*. Ed. Tom McDonough. Cambridge, MA: MIT P, 2002. 313-19.

Agamben, Giorgio, *Infancy and History: the Destruction of Experience*. Trans. Liz Heron. London: Verso, 1993.

Agamben, Giorgio, *Potentialities: Collected Essays in Philosophy*. Trans. Daniel Heller-Roazen. Stanford, CA: Stanford UP, 1999.

Agamben, Giorgio, *The Time That Remains, A Commentary on the Letter to the Romans*. Trans. Patricia Daley. Stanford, CA: Stanford UP, 2005.

Benjamin, Walter, "On the Concept of History." *Selected Writings*, Volume 4, 1938-1940. Eds. Howard Eiland and Michael W. Jennings. Trans. Harry Zohn. Cambridge, MA: Harvard UP, 2003. 389-400.

Burbick, Joan, "Emily Dickinson and the Economics of Desire." *American Literature* 58. 3 (1986): 361-78.

Day-Lindsey, Lisa, "Emily Dickinson's There Came a Wind Like a Bugle." *The Explicator* 68 (2009): 29-32.

Deleuze, Gilles, and Claire Parnet, *Dialogues*. Trans. Hugh Tomlinson and Barbara Habberjam. New York: Columbia UP, 1987.

Deleuze, Gilles, and Felix Guattari, *A Thousand Plateaus, Capitalism and Schizophrenia*. Trans. Brian Massumi. Minneapolis: U of Minnesota P, 1987.

Dickinson, Emily, *The Poems of Emily Dickinson*. Ed. R. W. Franklin. 3 vols. Cambridge: Harvard UP, 1998.

Dickinson, Emily, *The Poems of Emily Dickinson*. Ed. Thomas H. Johnson. Cambridge: Harvard UP, 1955.

Diehl, Joanne Feit, "The Ample Word: Immanence and Authority in Dickinson's Poetry." *The Emily Dickinson Journal* 14 (2005): 1-11.

Engle, Patricia, "Dickinson's I Could Not Stop For Death." *The Explicator* 65 (2007): 72-75.

Ford, Thomas W. *Heaven Beguiles the Tired, Death in the Poetry of Emily Dickinson* University, AL.: U of Alabama P, 1966.

Haferkamp, Leyla, "Analogon Rationis: Baumgarten, Deleuze and the 'Becoming Girl' of Philosophy." *Deleuze and Guatarri Studies* 4 (2010): 62-69.

Hoffman, Daniel, "Emily Dickinson: The Heft of Cathedral Tunes." *The Hudson Review* 50 (1997): 206-26.

Jang, Cheol-U., "Deleuzian Time-Image in Emily Dickinson: Dash/ Death between Immortality and Eternity." 『현대영미시연구』 23. 2 (2017): 229-55.

Johnson, Thomas H., and Theodora Ward, ed. *The Letters of Emily*

Dickinson. 3 vols. Cambridge, MA: Harvard UP, 1958.

Johnson, Thomas H., *The Poems of Emily Dickinson*. Cambridge: Harvard UP, 1955.

Juhasz, Suzanne, Cristanne Miller, and Martha Nell Smith, *Comic Power in Emily Dickinson*. Austin: U of Texas P, 1993.

Kavaler-Adler, Susan, "Visions of the Self Women, the Instinctual Self, and the Demon Lover." *American Journal of Psychoanalysis* 55 (1995): 73-81.

Kohler, Michelle, "The Apparatus of the Dark: Emily Dickinson and the Epistemology of Metaphor." *Nineteenth-Century Literature* 67 (2012): 58-86.

Lachman, Lilach, "Time-Space and Audience in Dickinson's Vacuity Scenes." *The Emily Dickinson Journal* 12 (2003): 80-106.

Miller, Cristanne, *Emily Dickinson, A Poet's Grammar*. Cambridge, MA: Harvard UP, 1987.

Mills, Catherine, *The Philosophy of Agamben*. Montreal and Kingston: McGill/Queen's UP, 2008.

O'Malley, Maria, "Dickinson's Liberatory Poetics." *The Emily Dickinson Journal* 18 (2009): 63-76.

Parr, Adrian, ed., *The Deleuze Dictionary*. Edinburgh: Edinburgh UP, 2005.

Philips, Carl. "Hours." *Kenyon Review* 36 (2014): 162-66.

Shaw, Mary Neff, "Dickinson's I Could Not Stop for Death." *The Explicator* 50 (1991): 20-21.

Spencer, Mark, "Dickinson's I Could Not Stop for Death." *The Explicator* 65 (2007): 95-96.

Stocks, Kenneth, *Emily Dickinson and the Modern Consciousness*. Houndmills and London: Palgrave Macmillan, 1988.

Weisbuch, Robert, *Emily Dickinson's Poetry*. Chicago: U of Chicago P, 1972.

Wolosky, Shira, *Emily Dickinson, A Voice of War*. New Havens: Yale UP, 1984.

Zapedowska, Magdalena, "Citizens of Paradise: Dickinson and Emmanuel Levinas's Phenomenology of the Home." *The Emily Dickinson Journal* 12 (2003): 69-92.

Zapedowska, Magdalena, "Dickinson's Delight." *The Emily Dickinson Journal* 21 (2012): 1-24.

판본 소개

　에밀리 디킨슨 사후 출간된 최초의 완결본인 Thomas H. Johnson, *The Complete Poems of Emily Dickinson*(London: Faber & Faber, 1970)'에서 선택하여 번역했다.

에밀리 디킨슨 연보

1830 에드워드 디킨슨과 에밀리 노크로스 디킨슨의 세 자녀 중 둘째로 태어남.

1840 에밀리와 여동생 라비니아가 애머스트 아카데미에 입학. 7년간 이 곳에서 수학.

1846 애머스트 아카데미 교장인 레너드 험프리를 만남. 편지와 시에서 '주인'으로 언급.

1847 애머스트 아카데미를 졸업하고 마운트 홀리요크 여성 신학교(이후 마운트 홀리요크 칼리지)에 입학.

1848 애머스트로 돌아감. 마운트 홀리요크 여성 신학교에 입학한 지 1년 도 안 되어 건강 악화, 향수병, 부모님의 바람, 학교 혐오 등 불분명 한 이유로 학업 중단.

1850 레너드 험프리, 25세로 갑자기 사망.

1855 어머니, 여동생과 함께 워싱턴 D.C.에서 하원 의원인 아버지를 3주 방문하고 필라델피아에 있는 친척을 2주 방문함. 여행에서 돌아온 후 디킨슨의 어머니는 병에 걸림.

1856	오빠 윌리엄 디킨슨과 에밀리의 친구 수전 길버트가 결혼.
1858	디킨슨의 시가 새뮤얼 볼스가 편집한 『스프링필드 리퍼블리컨』에 실림. 디킨슨은 자신의 시를 정리하기 시작함.
1862	문학 비평가이자 노예 폐지론자인 토머스 웬트워스 히긴슨의 에세이를 읽고, 자신의 시를 검토해 달라는 편지를 씀. 그 후 지속적인 편지 왕래 시작.
1864	북군의 의료비 모금을 위해 『드럼 비트』에 시를 실음. 『브루클린 데일리 유니언』에 시 게재.
1867	자발적 고립. 사교 생활을 접고 방문객과 문을 사이에 두고 대화. 친구들과는 활발한 편지 교환. 가장 생산적인 집필 기간.
1870	8년간 편지를 교환하던 토머스 웬트워스 히긴슨 만남.
1872	매사추세츠 대법원 판사 오티스 필립스 로드 만남. 일부 비평가들은 1877년 오티스의 아내가 죽은 후 연인 사이였으리라고 추측.
1874	아버지 에드워드 디킨슨, 71세로 보스턴에서 뇌졸중으로 사망. 아버지의 장례식에 참석하지 않고 2층 자기 방에서 장례식 진행 들음.
1882	어머니 에밀리 노크로스 디킨슨 사망. 병상에 누운 어머니를 30년간 돌봄.
1883	윌리엄과 수전의 아들이자 조카인 길버트 디킨슨, 장티푸스로 사망.
1884	오티스 필립스 로드 판사 사망.
1886	에밀리 디킨슨, 브라이트병으로 사망. 애머스트에 있는 웨스트우드 묘지에 묻힘.
1890	디킨슨 사망 후 여동생 라비니아가 출판되지 않은 1천8백여 편의 시를 발견. 사망한 지 4년 후 최초의 시집이 출판되고 대단한 성공을 거둠. 2년 동안 11쇄 찍음.

새롭게 을유세계문학전집을 펴내며

을유문화사는 이미 지난 1959년부터 국내 최초로 세계문학전집을 출간한 바 있습니다. 이번에 을유세계문학전집을 완전히 새롭게 마련하게 된 것은 우리가 직면한 문화적 상황에 적극적으로 대응하기 위해서입니다. 새로운 을유세계문학전집은 세계문학의 역할이 그 어느 때보다 중요해졌다는 인식에서 출발했습니다. 오늘날 세계에서 타자에 대한 이해는 우리의 안전과 행복에 직결되고 있습니다. 세계문학은 지구상의 다양한 문화들이 평등하게 소통하고, 이질적인 구성원들이 평화롭게 공존할 수 있는 문화적인 힘을 길러 줍니다.

을유세계문학전집은 세계문학을 통해 우리가 이런 힘을 길러 나가야 한다는 믿음으로 만들어졌습니다. 지난 5년간 이를 준비하기 위해 많은 노력을 기울였습니다. 세계 각국의 다양한 삶의 방식과 문화적 성취가 살아 있는 작품들, 새로운 번역이 필요한 고전들과 새롭게 소개해야 할 우리 시대의 작품들을 선정했습니다. 우리나라 최고의 역자들이 이들 작품 속 한 문장 한 문장의 숨결을 생생히 전하기 위해 심혈을 기울였습니다. 또한 역자들은 단순히 번역만 한 것이 아니라 다른 작품의 번역을 꼼꼼히 검토해 주었습니다. 을유세계문학전집은 번역된 작품 하나하나가 정본(定本)으로 인정받고 대우받을 수 있도록 최선을 다했습니다. 세계문학이 여러 경계를 넘어 우리 사회 안에서 주어진 소임을 하게 되기를 바라며 을유세계문학전집을 내놓습니다.

을유세계문학전집 편집위원단(가나다 순)
김월회(서울대 중문과 교수)
김헌(서울대 인문학연구원 교수)
박종소(서울대 노문과 교수)
손영주(서울대 영문과 교수)
신정환(한국외대 스페인어통번역학과 교수)
정지용(성균관대 프랑스어문학과 교수)
최윤영(서울대 독문과 교수)

을유세계문학전집

을유세계문학전집은 계속 출간됩니다.

을유세계문학전집 연표